DANCING★HIGH

図書館版

ダンシング★ハイ

工藤 純子

カスカベ アキラ◉絵

みんなのキズナ! 涙《なみだ》のダンスカーニバル

ポプラ社

ダンシング★ハイ

みんなのキズナ！　涙《なみだ》のダンスカーニバル

佐久間《さくま》先生
イッポのクラスの担任《たんにん》。
クールな美人。
野間一歩《のまかずほ》／イッポ
小学5年生。
ドジで引《ひ》っ込《こ》み思案《じあん》だけど、
歌だけはちょっと得意。
白鳥沙理奈《しらとりさりな》／サリナ
おしゃれでかわいい、
クラスの女子の中心的存在《そんざい》。
家はバレエ教室。

人物紹介《じんぶつしょうかい》
東海林風馬《とうかいりんふうま》／ロボ
家は写真館で、カメラが好き。
運動は苦手だが、太極拳《たいきょくけん》をしている。
一条美喜《いちじょうよしき》／ミッキー
ダンスが得意な元芸能人《げいのうじん》。
かっこいいけど、
無愛想《ぶあいそう》な一ぴき狼《おおかみ》。
杉浦海未《すぎうらうみ》／ネコ
動物好き。
特にねこが好きで、
自分で洋服をねこ風に
アレンジしている。

もくじ

1 ロボのロボットダンス

あたしが一番好きなのは、給食の時間！

しかも、きょうのメニューはあたしの大好物。かつ丼《どん》と具だくさんの味噌汁《みそしる》、たくあんときゅうりのゴマ風味、それにスイートポテト！

お腹《なか》いっぱいでしあわせ気分の中、黒板の上にあるスピーカーから、ノリノリの洋楽が流れてきた。思わず体が反応《はんのう》して、おどりだしたくなるけれど、がまんがまん！

何しろ、ここは教室だもん。

「あ〜、スイートポテト、もっと食べたかったなぁ」

あたしがつぶやくと、それをききつけたサリナがわらった。

「まだ足りないの？　イッポって、見かけによらず大食いだよね。そういえば、お腹がポチャッとしてきてる気もするけどだいじょうぶ？　ダンスのとき、じゃまにならない？」

う……。

むじゃきな毒舌《どくぜつ》で、あたしのお腹《なか》をつまもうとするのは白鳥沙理奈《しらとりさりな》。

サリナは、ふだんやさしくてかわいくて天使のような女の子なんだけど、ダンスのことになると悪魔《あくま》みたいにおっかなくなる。

五年生の最初のころ、サリナはメンバーを五人集めて「ファーストステップ」っていうダンスチームを作った。メンバーは、あたし、サリナ、ネコ、ロボ、ミッキーで、コーチは担任《たんにん》の佐久間《さくま》先生。

月曜日と水曜日の放課後、そして土曜日にダンスの練習をしている。

「ねぇ、きのうの『レッツ・ダンス』見た？　プロのくせに、ステップがなってないの！　もう、ホント、イライラしちゃってさぁ。あれなら、わたしがやったほうが、ずっとうまいと思うんだよね」

「はぁ」

「イッポもそう思わない？　思うよね？」

せまられて、思わず後ずさる。

「えっと、その番組、見てないから……」

ダンスのことになると暴走《ぼうそう》しはじめるサリナだけど、クラスの中では、明るくてやさしいサリナちゃんで通っている。そんなサリナとあたしが、いっしょにダンスをしているなんて、みんな不思議に思ってるだろうな。

何しろあたしは、目立たない地味めな女の子。こんなあたしが人前でおどるなんて、自分でも信じられない。

でも、ダンスをはじめて、イッポって呼《よ》ばれるようになって……ただの野間一歩《のまかずほ》だったころのあたしとは、少しずつ変わってきてる気がする。

サリナの勢《いきお》いにおされていると、もうひとりのメンバー、ネコがにやけた顔でやってきた。

「うひひ。スイートポテト、ゲットにゃ～！」

本名は、杉浦海未《すぎうらうみ》。運動神経《しんけい》ばつぐんだけど、ねこ好きでちょっと変わってる。

ファッションも独特《どくとく》で、きょうもねこ耳をつけたパーカーを着て、スカートにはしっぽをつけている。

「うそ！　まだ、あまってたの？」

「うん。あみだくじで当たったにゃん！」

ネコが、うれしそうに目を細めた。

給食があまったときには、ほしい人が集まって、ジャンケンやあみだくじで決める。

でも、みんなの前にでていくのがはずかしいから、あたしは参加しない。

だから、そんなことを全然気にしないネコがうらやましい。

「いっただき〜！」

大きな口をあけるネコを見て、思わずあたしまで口をあけてしまった。でもスイートポテトは、ネコの口に入っていく。あ〜あ。

「きょうの選曲、最悪だな」

スピーカーを見あげて、ミッキーがお昼の放送にケチをつけた。

ミッキーの本名は、一条美喜《いちじょうよしき》。髪《かみ》の毛さらさら、目もとはすずしげで、多くの女の子がふりかえってしまうほどかっこいい。元子役タレントだけあって、ダンスもとびきりうまいんだけど、性格《せいかく》に問題あり。口は悪いし、いばりんぼう。

「この曲、この間好きっていってなかったっけ？」

サリナが首をかしげた。サリナのいう通り、未来っぽい電子音が多く使われているこの曲を、ミッキーは好きだといってたはず。

「これは、この間きいたやつとはちがう」

「同じだよ」

「オレが好きなのは、ライブバージョンだ。同じ曲でも、CD《シーディー》バージョンとは迫力《はくりょく》が全然ちがうだろ」

きっぱりといいきるミッキーに、あたしとサリナはうんざりした。

「めんどくさ……」

サリナが、あたしの思ったことを口にする。ミッキーのこだわりって、あたしたちにはときどき理解《りかい》できない。

「ちがうものはちがう。ダンスをやってるくせに、そんなこともわからないのか」

「はぁ？　えらそうにいわないでよ！」

サリナの目がつりあがって、般若《はんにゃ》のようになる。

ミッキーとサリナが、いいあいをはじめた。クラスの子たちは遠まきにして、「何？」って感じでふたりを見ている。これ以上つづくと、どんどん注目が集まっちゃいそう！

「そ、そういえば、ロボもこの曲好きだっていってたよね」

あたしはいいながら、素早《すばや》くロボをさがした。こういうとき、間に入っておさめてくれるのは、ロボしかいない！

ロボっていうのは、東海林風馬《とうかいりんふうま》といって、商店街の写真館の子。背《せ》がひょろっと高くて、運動が苦手で、ダンスはあたしとどっこいどっこいかな。

するとそのとき、教室の真ん中あたりで、ガタンッと大きな音がした。

「おい、メガネ！　そういえばオマエ、ロボットダンス、できるようになったのかよ！」

ロボを見てにやにやとわらっているのは、大木《おおき》と島田《しまだ》だ。しょっちゅう授業中《じゅぎょうちゅう》にさわいだり、だれかに意地悪したりする。あたしが転校してきて間もないころも、学校でロボをからかったり、公園でランドセルを持たせたりしてた。

でも、ロボットダンスって？

あ、思いだした！

あのとき公園で、体育のときのぎこちない動きを「ロボットみたいだ」とバカにされたロボは、「ロボットダンスができるようになってみせる！」って宣言《せんげん》したんだっけ。

それで、あたしたちの間では「ロボ」っていう呼《よ》び名《な》になったことも思いだした。

まさかそれ、大木《おおき》たちにもいったの？

「あ、あの、それは……」

ロボが、きょろきょろと目を泳がせた。事情《じじょう》を知らないクラスの子たちが、興味《きょうみ》津々《しんしん》って顔で見つめている。

あたしは、ドアのほうを見た。こういうときにかぎって、佐久間《さくま》先生はいない。うん。きっと先生がいないから、大木たちはロボにからんでいるんだ。

それって、卑怯《ひきょう》。

「ほら、ちょうど音楽もあるしさ。ここで、やって見せろよ」

大木《おおき》と島田《しまだ》がスピーカーを指さして、ズズズッといすやつくえをおしのけた。教室の真ん中に、ぽっかりと空間ができる。

自分には関係《かんけい》ないと教室をでていく人もいれば、こそこそわらって見ている人もいた。

ロボは、顔を耳まで赤くしてうつむいている。

あたしはそんなようすを見ながら、ぐっとこぶしをにぎりしめた。

ドキドキしながら、足をふみだす。すると、だれかに腕《うで》をつかまれた。ミッキーが、「ほっとけ」と冷たくいう。

ミッキーは、仲間が心配じゃないの!?

手をふりはらおうとしたそのとき、教室に「わぁ!」と歓声《かんせい》がわいた。

え?

ロボが、音楽に乗ってリズムをとっている。そのまま、ボディウエーブをはじめた。

ちょ、ちょっと待って!

ボディウエーブっていうのは、ダンスの技《わざ》のひとつ。体や腕を使って、波を送るようにしておどること。何度も練習したから、あたしだってできるけど、みんなの前でするなんて！

音楽にあわせて、頭の先から、足の先まで波を送る。つぎは、両手を広げて左手の指先から、ひじ、肩《かた》を通って、右手の指先まで波を移動《いどう》させる。その動きは、音楽にぴたりとあっていた。

ロボの表情《ひょうじょう》は真剣《しんけん》そのもので、だれの声もきこえてないみたい。今度は腕《うで》や足を直角に動かして、首をカクカクと動かしはじめた。

「あれ、ロボットダンス？」

あたしは、目を大きくして見つめた。

ロボがやっているのは、アイソレーションといって、首、胸《むね》、腰《こし》なんかの体の一部だけを動かすダンスの基本《きほん》の動き。つられて別のところが動いたり、ぎこちなくなったりするから、けっこうむずかしい。

ロボのアイソレーションは、ひとつひとつの動きは大きく、止まるときはピタッと止まる。だから、本物のロボットみたいに見えた。

ロボ……いつの間にこんなにうまくなったの？

「アイソレーションがしっかりできれば、動きもさまになるからな」

おどろいてふりむくと、ミッキーがにやりとわらってた。ロボのダンスに、ちっともびっくりしてないようす。

「ミッキー、まさか……」

「ああ、オレが教えたんだからまちがいない」

自信満々で答える。

い、いつの間に……。

思いかえせば、あのとき公園にはミッキーもいた。同じダンスチームなんだから、教えていても不思議じゃないけど、そんなの全然知らなかった。

「あいつにも、プライドってやつがあるだろ？　いったからにはできるようになりたいって、オレに教えてくれといってきたんだ」

「い、いつから？」

「いっしょのチームになったときから」

そんなに前から？

ちょっと、ショック。

ロボはチームの中で、あたしと同じくらいダンスができないと思ってた。でも、みんなとダンスの練習をしながら、かげでそんな努力もしてたなんて。

ロボはますますノッてきて、クルッとまわると、ムーンウォークまではじめた。

大木《おおき》と島田《しまだ》は、ポカンと口をあけている。

他の男子は「いいぞ！」なんてはやしたて、女子は目をきらきらさせて「すごいね」「かっこいいかも！」とささやきあっていた。

もしかして、ロボの人気度、一気にアップ!?

「あー、もう、そうじゃないだろっ」

教室の空気を無視《むし》して、見てられないというように、ミッキーがロボに向かっていく。

「片足《かたあし》に体重をのせて、スムーズにかかとをひくんだって！　こうだろ？」

ムーンウォークのレッスンがはじまった。

スー、スーッと、なめらかにすべる足。ちょっとした動きでも、ミッキーがやるとかっこいい。女子が「きゃあ！　一条《いちじょう》くん、すごい！」と色めきだった。

ちょっとちょっと！

ダンスチームのあたしたちしか知らなかったはずの、かっこいいミッキーをみんなに見られた気がしてあせっていると、

「ふたりだけで、ずるいにゃーん！」

とびだしていったネコが、ぴょんぴょんと宙返《ちゅうがえ》りをはじめる。

またもや「すごーい！」って声がきこえてきた。

「もぉ～、しょうがないなぁ」

そういいながらでていこうとするサリナの腕《うで》を、あたしはあわててつかんだ。

サリナったら、しょうがないとかいいながら、顔がにやけている。サリナまでおどりだしたら収拾《しゅうしゅう》がつかない。

教室の真ん中でおどる三人。それを囲むようにして、他の子たちも楽しそうに手拍《てびょう》

子《し》したり、体をゆらしたり。

もう！　なんでこんなことになってるの〜！

教室の盛《も》りあがりぶりについていけなくて、おろおろする。でも、つぎの瞬間《しゅんかん》、ハッとした。

もしかして、みんな、ダンスが好きなの？

イッポ&サリナの熱血ダンスレッスン

DANSTEP《ダンステップ》 ❶

ムーンウォーク編《へん》

Level ★★★

① 左足をつま先立ちにして、体重をかける。
重心は左足
② 左足に重心をおいたまま、右足を後方へすべらせる。
③ 右足をつま先立ちにして、体重をかける。
重心は右足
左足はかかとをおろすよ
④ 右足に重心をおいたまま、左足を後方にすべらせる。

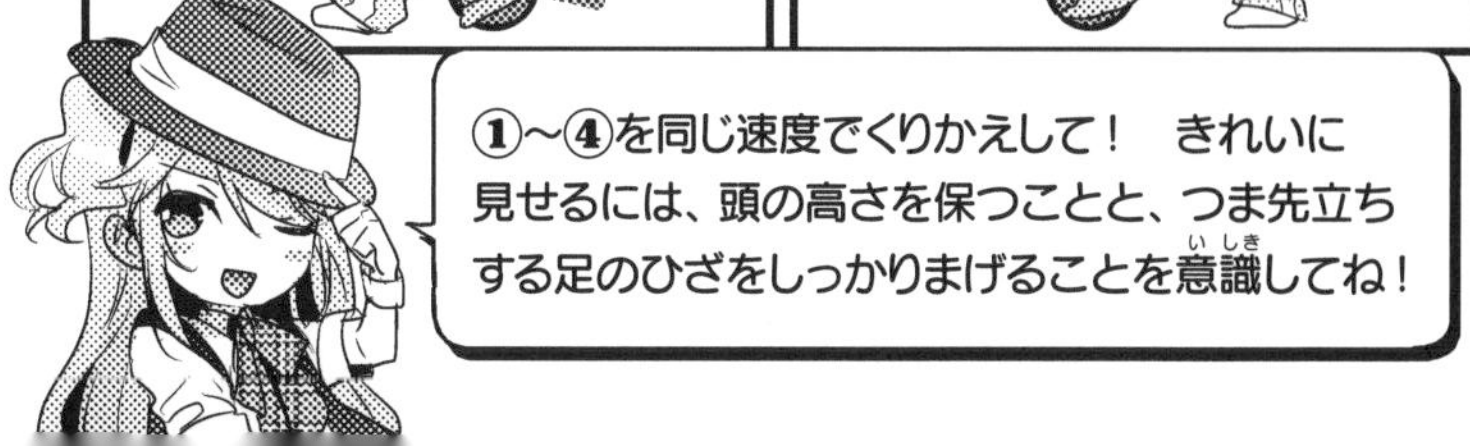

①〜④を同じ速度でくりかえして！　きれいに見せるには、頭の高さを保つことと、つま先立ちする足のひざをしっかりまげることを意識《いしき》してね！

2 さくら町商店街フェスティバル

放課後、あたしたちはそろって校門をでた。

ふるえるようにカサカサと音を立てる木の葉《こは》に、もう秋なんだなぁと感じる。

「大木《おおき》たちの顔、見た？　なんか、スカッとしたねぇ！」

「ほんと。ロボのこと、みんなも見直したって感じだったし」

あたしとサリナがいうと、ネコもうなずいた。

「大木と島田《しまだ》、相当へこんでたぁ！　いっつもいばってるから、いい薬《くすり》にゃん！」

「ロボにしては、まぁよくやったよ。ちゃんとリベンジできたもんな」

ふだん、他人をほめないミッキーまで、満足そうにしている。

それなのに、当の本人であるロボだけ、なんだか元気がない。

「ロボ、どうしたの？　お腹《なか》でもすいた？」

あたしがいうと、ミッキーが「オマエじゃあるまいし」と、よけいなことをいう。

「ぼく……大木《おおき》くんたちをやっつけたくて、おどったわけじゃないよ」

ぽつんというロボに、あたしたちは首をかしげた。

「え～、だって、見かえしたくてロボットダンスを練習したんでしょう？」

「そうだよ。ロボがリベンジしたいっていうから、オレだって……」

サリナとミッキーにいわれて、ロボは小さくなった。

「はじめは、そうだったんだけど」

はぁっと、ため息をつく。

「大木くんと島田《しまだ》くんにバカにされて、くやしかったよ。体育のとき、動きがロボットみたいってわらわれて、はずかしかったし。でも、みんなとダンスをするうちに、そんなこと、どうでもよくなったんだ」

「じゃあ、どうしてさっき、教室でダンスをおどったんだにゃん？」

ネコの問いに、ロボが答える。

「ダンスで、大木《おおき》くんたちと仲よくなれないかな、と思って」

「え～！」

あたしたちの声がそろった。

ロボが、そんなことを思っていたなんてびっくりだ。

「仲よくなれるわけないじゃん。ロボだって、あいつらの性格《せいかく》、知ってるだろ？」

「そうだよ。しょっちゅう人をバカにしたり、からかったりするような人たちだよ？」

ミッキーとサリナのいい分に、あたしもうなずいた。

「でも！」

ロボの声が、あたしたちの言葉をさえぎった。

「ダンスは、だれかをへこますためにやるようなものじゃないだろ？」

そういって、あたしたちを見まわす。

「だれとだってダンスでつながれるんだって、ぼくら、そう思ってやってきたじゃないか！」

あっ。

あたしたちは、顔を見あわせた。

ロボのいう通りだ。だれかとわらったり、いっしょに楽しい気持ちになったりしたくて、あたしたちはダンスをしてきた。ダンスバトルをしたこともあったけど、対戦相手とでさえ、ダンスを通して仲間になれた。

それなのに、ダンスでだれかに、いやな思いをさせようなんて……。

「ロボ、えらい！」

あたしは、バンッとロボの背中《せなか》をたたいた。

「大木《おおき》たちにいじめられてたのに、そんなふうに思うなんて。あたしは感動したよ！」

イテテというロボの背中を、あたしはうれしくて何度もたたいた。

「ロボも成長したねぇ」

サリナがいうと、

「でも、うちはやっぱり、スカッとしたけどにゃ～」

と、ネコが口をつきだす。

「まぁでも、やっちゃったもんはしかたないしな。いまさらあいつらに、ロボの気持ちをいっても、わかってくれるようなキャラじゃないし」

あたしも、ミッキーのいう通りだと思った。

「そんなこと忘《わす》れて、元気だしなよ！」

「いや、気になるのは、それだけじゃないんだ」

ロボが、さらにため息をつく。

「実は、おじいちゃんが寝《ね》こんでるんだよね」

「えぇ!?」

またもや、あたしたちはおどろいた。

「あの、太極拳《たいきょくけん》をやってて、年よりには見えないじいちゃんが？」

「ロボより、ずっとたくましくて、元気でしっかりしてたよね？」

ミッキーとあたしが身を乗りだすと、ロボは「そこまでじゃ……」と顔をしかめた。

「それは心配だなぁ。よし、これからお見舞《みま》いにいこうぜ！」

ミッキーがいうと、ロボがあわてた。

「え、お見舞いなんていいよ」

「何いってんだ。じいちゃんには、ダンスのことでも世話になったことがあるんだから。なぁ、みんな！」

「そうだよ。わたしも会いたいと思ってたし」

「うちも〜！　おもしろそうなおじいちゃんだにゃ！」

サリナとネコも顔を輝《かがや》かせる。

「よーし、おじいちゃんを元気にしよー！」

あたしがいうと、ミッキー、サリナ、ネコが「おー！」と腕《うで》をつきあげた。


ロボの家は東海林《とうかいりん》写真館といって、商店街の真ん中にある。ショーウインドウには、家族写真や七五三の写真がかざられていた。

「ただいま」

そういいながら入っていったロボが、いきなり立ちどまった。

「じ、じいちゃん、何、そのかっこう！」

「どうだ、凛々《りり》しくて男前だろ？」

そういうおじいちゃんは、ねじりはちまきに、はっぴを着ていた。

おじいちゃん、具合が悪いんじゃなかったっけ？　あたしたちはきょとんとした。

「寝《ね》てないとダメじゃないか！」

「何をいってる。ぎっくり腰《ごし》は、もう治ったわい」

ぎっくり腰？

あたしたちは首をかしげた。

「なんだ、友だちもきてるのか？」

「じいちゃんのお見舞《みま》いにきてくれたんだよ」

「ほお、しかし、見舞いの品がないようだな」

おじいちゃんは、あたしたちの手もとを見つめた。

「じいちゃん！」

「いや、冗談《じょうだん》、冗談！」

ロボにしかられて、ガッハッハと豪快《ごうかい》にわらった。なんか、元気そう。

おじゃましますといいながら、あたしたちはぞろぞろと中に入った。奥《おく》には撮影《さつえい》用のスタジオがあって、そこにはいすやソファも置いてある。

おじいちゃんは、いいかおりの日本茶を入れてくれた。

「おじいちゃん、ぎっくり腰《ごし》だったんですか？」

あたしがきくと、おじいちゃんは顔をしかめた。

「まぁ、軽いもんだ。それなのに風馬《ふうま》が大げさにいうから」

「じいちゃん！　あんなにひーひーいってたくせに、よくいうよ」

ロボは、本気で心配してたみたい。ククッとわらうミッキーに、「ひーひーなんて、いっとらん！」とおじいちゃんが怒《おこ》った。

「それに、そのかっこうは何？　どうしてはっぴなんて着てるわけ？」

それは、あたしも気になっていた。秋だから、お祭りシーズンではあるけれど……。

「いやぁ、もうすぐ、さくら町商店街フェスティバルもあるからな。いまから、気分だけでも盛《も》りあげようと思って」

「さくら町商店街フェスティバルって？」

あたしが首をかしげると、みんながふりむいた。

「え？　イッポ、知らないの？」

「そっか、イッポって春に引《ひ》っ越《こ》してきたから、はじめてなんだ」

「うちは、三回目にゃん！」

「態度《たいど》がでかいから、ずっと前からいるようなイメージだけどな」

　みんなが、口々にいった。

「態度がでかいって、どういうことよ！」

　ミッキーのよけいなひとことに文句《もんく》をいうと、「まぁまぁ」とロボになだめられた。

「さくら町商店街フェスティバルっていうのは、毎年秋にやってる、商店街のイベントだよ」

「そう。商店街のお店が屋台をだしたり、小学校や中学校のコーラス部や吹奏楽部《すいそうがくぶ》が演奏《えんそう》したりするの」

　ロボの言葉を補《おぎな》うように、サリナが説明してくれる。

「ふ〜ん、そんなことやってるんだ。でも、どうしておじいちゃんが、そんなにはりきってるの？」

「じいちゃんは、さくら町商店街の会長をやってるんだよ」

「その通り！」

ロボをおしのけて、おじいちゃんは胸《むね》をはった。

「そこで今年は、ちょっと趣向《しゅこう》を変えてみようと思っているのだ」

「変えるって？」

ロボも知らなかったみたいで、あたしたちといっしょに首をかしげる。

「ダンスをしようと思ってな」

「ダンスぅ？」

頭のてっぺんから声がでた。まさか、おじいちゃんの口からダンスなんて言葉がでると思わなかったからだ。

「ダンスといっても、ただのダンスじゃないぞ。流しおどりだ」

「流しおどり？」

あたしにはさっぱりわからないけど、ミッキーは「ふーん」とうなずいた。

「それで、いま、チームを募集中《ぼしゅうちゅう》なんだが……」

おじいちゃんの顔が、急にくもった。

「まだ、参加チームが少なくてな。このままだと、開催《かいさい》が危《あや》ぶまれる」

そして、ガッと立ちあがった。

「そこでわしが、自ら声がけしようと思ってな。幼稚園《ようちえん》から婦人会《ふじんかい》、青年団《せいねんだん》まで」

「じいちゃん、そんなことでムリしないでよ！」

ロボがいうと、「そんなこととは、どういうことだ！」と怒《おこ》りだす。

まったく、しょうがないおじいちゃん。

「だったら、あたしたちがでればいいじゃない」

軽い気持ちでいうと、みんながいっせいにあたしを見た。

「おお、そうしてくれるか？」

おじいちゃんだけが喜んでいる。

「ちょっと、イッポったら」

「オマエ、話きいてなかったのか？　流しおどりだぞ。大勢《おおぜい》で列になって、ダンスをしながら商店街を練り歩くんだ。五人でできるわけないだろ」

サリナとミッキーが、こそこそといってくる。

そうなんだぁ。

流しおどりっていうのは、人がたくさんいないとできないのか……。

だったら！

「五年一組のみんなででたら？」

「えぇ！」

みんなの大きな声に、あたしのほうがびっくりした。

「だって、ダンスをやりたい子って、けっこういるんじゃないかなぁ」

あたしは、昼休みのことを思いかえした。ロボやミッキーのダンスを、みんなが楽しそうに見ていたことを思いだす。

それに、ロボのいう通り、ダンスでみんなとつながることだってできるはず。そしたら、大木《おおき》たちとも仲よくなれて……めっちゃいいアイデア！　と思ったのに。

「オレは、やだね」

ミッキーが、そっぽを向いた。

「素人《しろうと》のやつらと、ダンスなんてできるかよ」

「でも……もしみんなとダンスができたら、楽しいかも」

ロボが、おずおずという。

「わたしは、みんながダンスをしたがってるなんて思えないけどな」

サリナの顔は、不安そうだった。

「でも、おもしろそうだにゃ〜」

ネコが、目を輝《かがや》かせている。

「まぁまぁ、それならとりあえず、申しこむだけ申しこんでおこう。いや〜、よかったよかった」

おじいちゃんは、あたしたちの会話を気にもとめないようすで、うれしそうにいった。

夕焼け空の下、あたしたちはまた商店街をもどった。ロボも見送りがてら、なんとなくついてくる。

「ねぇ、やっぱり、むずかしいと思うんだけど」

サリナが、眉《まゆ》をひそめた。

「全員参加がムリなら、希望者だけにすればいいんじゃない？　あたしやロボにもおどれるんだから、初心者だってだいじょうぶだよ」

あたしは、軽く返事をした。

「そんなかんたんなことじゃないだろ」

ミッキーがムスッとしていうから、あたし、ネコ、ロボは顔を見あわせた。

「そっか！」

ネコが、パンッと手をたたく。

「でるならクラス全員じゃなきゃダメって、いうに決まってるにゃ！」

すると、ロボまで「なるほどねぇ」とうなずいた。

「佐久間《さくま》先生なら、きっとそういうだろうな」

え？　佐久間先生？

佐久間先生は、五年一組の担任《たんにん》で、あたしたちのダンスコーチをしてくれているけど……。

「ああっ！」

佐久間《さくま》先生の存在《そんざい》を、すっかり忘《わす》れてた。クラスでダンスをするなら、佐久間先生に相談《そうだん》しないわけにはいかない。そして佐久間先生なら、希望者だけなんて生ぬるいことをゆるしてくれるはずがない。

「どうしよう！」

あたしったら、とんでもないことをいっちゃったのかも！

3 チーム・ファーストステップ

つぎの日、みんなで佐久間《さくま》先生のところにいったら、流しおどりにすごく乗り気だった。

「とってもいいアイデアじゃない！　それ、イッポが提案《ていあん》したの？　さっすがぁ！」

日ごろ、ダンスでほめられることの少ないあたしは、ちょっといい気分だった。

「オーケー、協力するよ。でも、でるならクラス全員ででなくちゃダメよ」

にこにこしながら、予想通りそういった。

「でも、全員って、けっこうむずかしいし……佐久間先生から、みんなにいってもらうわけには……」

あたしは、さぐるようにきいてみた。すると、佐久間先生はニコッとわらった。

「もちろん、みんなに伝えるのも、ダンスを教えるのも、五人でやらなくちゃ。そのほうが楽しいじゃない！」

楽しいって……。

あたしたちは顔を見あわせて、すごすご職員室《しょくいんしつ》から退散《たいさん》した。

「あ〜あ、やっぱり、こうなったかぁ」

「でも、じいちゃん、楽しみにしてたしなぁ」

職員室をでて、サリナとミッキーがいうと、ロボとネコもため息をついた。

とぼとぼと歩くみんなに向かって、あたしはむりやり笑顔を作った。

「だ、だいじょうぶだよぉ。みんな、きっと協力してくれるって！」

するとロボが、気持ちを切りかえるように顔をあげた。

「じゃあ、とりあえず、じいちゃんから教えてもらった情報《じょうほう》を伝えておくよ」

そういって、ランドセルからノートをとりだす。

「ダンスは、ヒップホップでも、ジャズダンスでも、フラダンスでも、なんでも自由だって。曲のジャンルもなんでもオーケー」

ふーんとうなずいたけど、あたしには、わからないことだらけだった。

「でもさ、何チームも参加するんでしょう？　どうやって音楽を流すの？」

それぞれのチームが好き勝手に音楽を流したら、ぐちゃぐちゃになっちゃいそう。

しかも、歩きながらおどるっていうのに。

「各チームの先頭にトラックがついて、おどりの曲を流しながら、ゆっくりと進むんだって。そのうしろに、チームがついておどるって感じらしいよ」

「トラックから音楽が流れてくるなんて、案外、楽しそうだな」

ミッキーの眉《まゆ》が、ぴくりと動く。

「移動《いどう》しながらダンスをするなんて、やったことないもんね」

サリナも声をはずませた。

「それで、衣装《いしょう》は？」

いつも衣装を担当《たんとう》しているネコは、そっちにも興味《きょうみ》があるみたい。

「特に、決まってないって。浴衣《ゆかた》やはっぴじゃなくてもいいし、ダンスにあわせた衣装でいいそうだよ」

ロボがいうと、

「ステキにゃ～！」

と、ネコの目も輝《かがや》いた。

「やっぱ、ヒップホップがいいんじゃね？」

「うーん、流しおどりだから、和のテイストを入れてもおもしろいんじゃない？」

ミッキーもサリナも、ダンスの話になると夢中《むちゅう》で、あたしはちょっと安心した。

この勢《いきお》いで、クラスのみんなもまきこんじゃおう！


金曜日の学級会で、ダンスのことを議題《ぎだい》にしてもらった。

「きょうは、さくら町商店街フェスティバルのダンスに、クラスで参加することについて、白鳥《しらとり》さんからお話ししてもらいます」

学級委員の言葉に、教室がざわっとゆれた。

「あの、さくら町商店街フェスティバルで、うちのクラスも、ダンスに……」

なんだか、いつものサリナらしくない。おどおどしてて、声も小さくて、どうしたんだろう?

そのとき、こそこそ話す女子の声がきこえてきた。「サリナちゃん、またダンス?」「まだあきらめてないの?」「腹筋《ふっきん》五十回とかできないし〜」くすくすと、笑い声もする。

ダンスチームを作ろうとしたとき、サリナはクラスのみんなに声をかけまくった。最初は何人か集まったみたいなんだけど、サリナのしごきにたえられなくて、みんなやめていったっていってたっけ。

それ以来、サリナはみんなの前で、あまりダンスのことを口にしなくなった。

ふだんは人気者のサリナなのに……なんだか、いたたまれない。

「あ、あの、やっぱりあたしが!」

思わず立ちあがると、おどろいているサリナに向かってうなずいた。いいだしたのはあたしなのに、サリナにいやな思いなんてさせられない。

あたしは、ごくっとつばをのんだ。

「えっと……来月のさくら町商店街フェスティバルで、流しおどりをするチームを募《ぼ》集《しゅう》してて、うちのクラスもでたらどうかな、と」

そこまでいったところで、「え〜？」「どうして、オレたちがおどるんだよ」「ムリに決まっててんじゃん」なんて声があがった。

さわぎをさえぎるように、ミッキーが立ちあがる。

「オレがいるんだから、ムリじゃない」

日ごろ、発言なんてしないミッキーだから、みんな、びっくりしてシンとした。

「あの、地元のイベントだし、うちもだけど、他にも商店街に関係《かんけい》している人がいると思うし、やればきっと楽しいと思うから……」

ロボが、身ぶり手ぶりでうったえた。

「そーそー、ダンスってぇ、うちのミケと遊ぶよりもおもしろいにゃん！」

ネコがいうと、みんな眉《まゆ》をひそめた。

「だ、だから、つまり、みんなでいっしょに何かをする機会《きかい》なんて、めったにないでしょ？　せっかくのチャンスだし、みんなでおどって、いい思い出作ろうよ！」

あたしの声に、熱がこもった。

「そういえば、そうかもね」

「うん、ちょっと、おもしろそうかも……」

そんな声がちらほらときこえてきて、ホッと息をついたとき、

「オレは、いやだぜ！」

大木《おおき》が、つくえに手をついて立ちあがった。

「どうして、オレたちがおどらないといけないんだよ。商店街とか関係《かんけい》ねーし。なっ！」

そういって、島田《しまだ》のほうを見る。島田も、みんなの顔をちらっと見てうなずく。それにつられて、何人かの男子がうなずいた。

う、うそでしょ？

せっかく、盛《も》りあがりかけてたのに……。

佐久間《さくま》先生が何かいってくれないかなって思ったけど、腕《うで》をくんだまま、あたしたちを見ているだけ。

「こっちだって、やる気のないやつとは、おどりたくないね」

ミッキーが、ムスッとしていう。ますます険悪《けんあく》な雰囲気《ふんいき》になった。

大木《おおき》が、グッとミッキーをにらんだ。

「テレビにでて、いきがってたやつが、えらそうにいうなよっ」

「は？　いきがってんのは、そっちじゃねぇの？」

売り言葉に買い言葉で、どんどんヒートアップしてる！

ま、まずい雰囲気《ふんいき》。

「あのぉ」

女の子が、ひかえめに手をあげた。

「わたし、ダンスなんてできないんだけど、だれかに教えてもらえるの？」

そうだった。肝心《かんじん》なことを説明しわすれてた。

「それは、わたしたちが教えます！」

サリナが、覚悟《かくご》を決めたような顔でいった。

「わたし、野間《のま》さん、一条《いちじょう》くん、杉浦《すぎうら》さん、東海林《とうかいりん》くんは、ファーストステップっていうダンスチームを作って、いつも練習してるんです」

うわ、いっちゃった。

いままで、あたしたちがダンスをしていることは、公《おおやけ》にしてなかった。だからこそ、ダンスをしているときは、ちがう自分になれるような気がしてたのかもしれない。

「ファーストステップだって」「チーム名まであったんだ」「やっぱりサリナちゃん、あきらめてなかったんだね」教室のあっちこっちに、ささやき声が広がった。

サリナの不安が伝わってくる。

あたしだって不安だ。大切なダンスチームをバカにされたり、否定《ひてい》されたりしたらと思うと……。

「ダンスって、楽しいから。きっと後悔《こうかい》させません！」

きっぱりというサリナに、びっくりした。さっきまでの、おどおどした感じや迷《まよ》いはない。もう自分をかくしたりしないって覚悟《かくご》に、あたしの背筋《せすじ》もグッとのびる。

「み、みんなでおどろうよ！」

思わず、あたしの声にも力がこもった。

ミッキー、ロボ、ネコも立ちあがる。

「では、多数決をとります。ダンスの参加に賛成《さんせい》の人」

まず、あたしたち五人の手があがり、クラスのみんなが顔を見あわせながら、パラパラと手をあげた。

人数を数えた学級委員が、口をひらく。

「過半数《かはんすう》をこえましたので、参加決定ということになりました」

大木《おおき》が「けっ！」とつくえをけって、不快《ふかい》な音が響《ひび》いた。

思わずひるみそうになるけれど、ダンスをやってみたいっていう人が、こんなにいるなら……がんばるしかない！

その日の放課後、「ダンスの練習をするから、時間がある人は、体育館に集合してくださーい！」と、みんなをさそってまわった。

まだ音楽もふりつけも決まってないから、基本《きほん》練習をするだけだけど、ダンスの楽しさを知ってもらえれば、みんなもやる気になるはず！

そう思ったのに……。

体育館で待ちつづけたけど、あたしたち以外にきたのは、七人だけだった。しかも、女子だけ。

「あれ？　他のみんなは？」

首をかしげるあたしに、七人の子たちが口々にいう。

「用事があるからって、帰ったよ」

「基本練習《きほん》なんてめんどうって子もいたし～」

「大木《おおき》と島田《しまだ》にさそわれて、男子はサッカーにいっちゃった」

あたしの気持ちは、一気にトーンダウンした。最初からこれじゃ、先が思いやられる。

くじけそうになってると、サリナにポンッと肩《かた》をたたかれた。

「じゃあ、ここはイッポたちでお願《ねが》いね！」

「え？　サリナはどうするの？」

「わたしとミッキーは、みんながやる気になるような、ふりつけと音楽を考えるから！」

サリナは、メラメラと燃《も》えていた。

「ネコも衣装《いしょう》を考えたいっていってるし、とりあえずきょうの基本《きほん》練習は、イッポとロボでお願《ねが》いね！」

「あたしとロボだけ!?」

うそ……。

すっかりサリナをあてにしてたあたしは、頭の中が真っ白になった。

「ロボ、どうしよう！」

そう泣きついても、

「基本練習だから、何とかなるんじゃない？」

って、かんたんにいう。

「みんながんばってるし、ぼくらもがんばらなくちゃ」

そっか。ロボのいう通りかも。みんな、できることを精《せい》いっぱいしようとしているんだ。あたしだって覚悟《かくご》を決めて、がんばるしかない！

「あの、みんな、ならんでください」

そう声をかけるだけでも、あたしにとっては勇気のいることだった。

「あれ？　サリナちゃんが教えてくれるんじゃないの？」

「一条《いちじょう》くんかと思ったのに」

みんな、思惑《おもわく》がはずれてがっかりしたようす。

「ご、ごめんね。ふたりとも、ふりつけを考えてるから……」

そういうと、とたんに空気がゆるんで、だらけた感じになった。

とりあえず、いつもやってる体操《たいそう》からはじめる。

あたしとロボが前に立って見本を見せると、くすくすと笑い声があがった。

なんか、あたしのほうを見てるみたい。

「もー、やだぁ！　野間《のま》さん、わらわせないでよ～」

「ほんと！　手足がぎくしゃくしすぎ！」

「あ……ごめん」

だれかに教えるなんてはじめてで、いつも通りにできなくて。

「それにしても、野間さんも大変だよねぇ。サリナちゃんのダンス好きに、つきあってあげてるんでしょ？」

「え？」

あたしはびっくりして、目をぱちくりさせた。

「わたしたち、だれにもいわないから、何でもいってよ。ね！」

ロボがいることも気にせずに、視線《しせん》をかわしあっている。

なんか、誤解《ごかい》してるみたい。あたしにとっても、ダンスはなくてはならないものになっている。サリナにつきあってるなんて、そんなふうに思ったこともない。

それなのにみんな、決めつけたように一方的にいってくる。

「サリナちゃんって、やっぱりダンスオタクなの？」

「野間《のま》さんも、むりやり腹筋《ふっきん》とかマラソン、させられてるわけ？」

「えっと……その」

あたしは言葉につまった。

たしかにサリナは、ダンスのことになると夢中《むちゅう》になりすぎるところがある。マラソンや基礎《きそ》トレーニングもきびしくて、いやだったこともあったけど……。

「あ、あたし、好きでダンスをやってるんだよ」

「もー、いいって。サリナちゃん、そんなにこわいの？」

ああ、全然信じてもらえない。

何ていったらいいかわからなくて、あたしはこまった。

「サリナは……」

慎重《しんちょう》に言葉を選ぼうとすると、みんなはじれったそうに眉《まゆ》をひそめた。

「ダンスっていう大好きなものを見つけて、いっしょうけんめいにやってるだけだよ」

それしか、思いつかなかった。でも、みんなには通じなかったみたい。

「何よ、それ」

「優等生《ゆうとうせい》の答えってわけ？」

「野間《のま》さん、サリナちゃんに気に入られたいだけでしょ」

つぎつぎにいわれて、思わずうつむいた。

そんな……。

「ねぇ、ちょっと！」

ロボが、見かねたように声をかけてきた。

「ちゃんと、体操《たいそう》やろうよ」

そのひとことで、みんなの表情《ひょうじょう》がしらっとなった。

「あーあ。なんか、やる気なくした～」

「つまんないから、帰ろう」

気を悪くしたように、出口に向かってしまう。

あたしは立ちつくして、みんなの背中《せなか》を見つめた。

4 ダンスのアイデア

きょうは土曜日で、ファーストステップの練習日だ。

いつも、サリナのお母さんがやってる白鳥《しらとり》バレエ教室の練習場を借りて、ダンスをしてるんだけど……。

「どうしたら、みんなにやる気をだしてもらえるかな」

きょうは丸く輪になって、あたしたちは考えこんでいた。

多数決で多くの子が賛成《さんせい》してくれたはずなのに、きのうきたのは、たった七人。しかもとちゅうで帰っちゃったし……。クラス全員が参加するなんて、不可能《ふかのう》に思える。

「はずかしいから、いやだって子もいるにゃ～」

「ダンスが苦手って思ってる人もいるだろうしね」

ネコとロボが、口々にいう。

「そんなやつらのために、音楽やふりつけを考えなくちゃいけないのかよ」

ミッキーが、ぶつぶつと文句《もんく》をいった。

「そんなこといわないでよ。みんな、音楽もふりつけも楽しみにしてるんだから！」

あたしは強い口調でいった。かっこいい音楽でダンスがおどれるなら、きっとみんな、やりたいと思うにちがいない。

「でも……」

サリナがむずかしい顔をする。

「実は、音楽もふりつけも、なかなか決まらなくて」

「どうして？　ふたりだったら、いくらでもアイデアがでてくるんじゃない？」

あたしは首をかしげた。

ふたりとも、いつもパパッと音楽もふりつけも考えてしまうのに。

「自由っていうのが、一番むずかしいんだよなぁ」

ミッキーが、両手を頭のうしろでくんだ。

「和のおどりにヒップホップって、イメージがわかないんだよね」

いつもあたしたちをひっぱってくれるふたりが、そろってなやむなんてはじめてかも。

不安におしつぶされそうで、あたしはわざと明るくいった。

「じゃあ、みんなで考えてみようよ！」

あたしたちは、ああでもない、こうでもないと意見をだしあった。それでも、いいアイデアはでてこなかった。

思ってたよりもやっかいで、ぐったり。

「あたし、どんなダンスがいいか、家で調べてみるよ」

「ぼくも、じいちゃんから、もっと情報《じょうほう》集めてみる」

「衣装《いしょう》から、ダンスのヒントが見つかるかもしれないにゃん」

あたしたちが口々にいうと、サリナとミッキーは、少しだけ笑顔を見せた。

みんなで力をあわせれば、だいじょうぶ。

だって、あたしたちはチームなんだから！

その夜、あたしはパソコンの前にすわった。

「まずは、流しおどりをよく知ったほうがいいよね」

インターネットで「流しおどり」を検索《けんさく》してみる。

さがしてみると、「流しおどり」をする日本の伝統的《でんとうてき》なお祭りはたくさんあった。

例えば、徳島《とくしま》の「阿波《あわ》おどり」や岐阜《ぎふ》の「郡上《ぐじょう》おどり」なんかがそうだ。通りいっぱいに長い列を作って、おどりながら練り歩いていく。どれも浴衣《ゆかた》を着て、熱のこもったおどりをおどっていた。

これはこれでかっこいいけど……でも、あたしたちがやるものとしては、どうもぴんとこない。サリナやミッキーも、和っていうと、こういうのを想像《そうぞう》してしまうのかもしれない。

だとしたら、こういうイメージにとらわれないようにしなくちゃダメだ。

和風だけど、いまっぽくて、かっこよくて、テンションがあがるようなおどり、ないかなぁ。

「そんな都合のいいもの、ないか」

つぶやいて、流しおどりのサイトをつぎつぎに見ていくと、ひとつのワードに目がとまった。

「よさこいおどり？」

よさこいって、きいたことがある。前の学校のとき、二年生の運動会でやったから。

あれも、流しおどり？

今度は「よさこい」という言葉で検索《けんさく》してみた。すると、びっくりするほどたくさんでてくる。

「へぇ！　すごい」

思わず、声がでた。

はっぴをアレンジしたような派手《はで》な衣装《いしょう》を着て、道いっぱいに広がっておどっている写真があった。おどりの先頭にいる大きなトラックから、音楽が流れているみたい。

そのトラックも派手にかざりつけられていた。

説明によると、戦後にはじまった「よさこい」は、スタイルを変えながら、個性《こせい》あるパフォーマンスとして全国に広まったとある。

「おどる曲も自由なんだ……。よさこいおどりのフレーズを入れるとか、その地方の民謡《みんよう》の一部を入れるなんていうルールもあるみたいだけど、曲調は、ロック、サンバ、ジャズ、レゲエ、なんでもオッケー」

あたしは、夢中《むちゅう》で説明を目で追った。

「これ、参考になるかも！」

あたしは部屋からノートを持ってきて、それを書きうつした。

月曜の休み時間、あたしはサリナたちに集まってもらってノートを見せた。

「よさこい？」

みんなが、怪訝《けげん》な顔をする。

「いわれてみると、ダンスや音楽や衣装《いしょう》が自由なところとか、流しおどりであることとか、今回のテーマとあってるね」

サリナがうなずく。

「そういえば、三年生の運動会のとき、ぼくらもよさこいおどったよね」

ロボがそういうから、やっぱりこの学校でもやったんだって思った。

「ヒントにはなりそうだけど……。他のチームは、どんなおどりをするんだろう」

ミッキーがつぶやいて、待ってましたというように、ロボが身を乗りだした。

「それ、じいちゃんにきいてきた！　いまのところ集まっているチームは、それぞれ全然ちがうダンスらしいよ。盆《ぼん》おどり風とか、サンバやフラダンスとか……」

「へぇ！　想像《そうぞう》するだけで、わくわくするね」

一度に、いろんなダンスが見られるなんて。

「やっぱりオレたちも、オレたちのダンスをしなくちゃいけないよな」

ミッキーがいった。

「オレたちのダンス？　それって、よくサリナがいってるよね。わたしだけのダンスを見つけたいって」

あたしがいうと、サリナは顔を赤らめた。

サリナがダンスチームを作ったのは、そんなダンスを見つけたいからだ。

ということは……。

よさこいはヒントではあるけど、そこからあたしたち流にアレンジしなくちゃ意味がない。

「ねぇ！」

勢《いきお》いこんでいうと、みんなが顔をあげた。

「クラスのみんなにも、いっしょに考えてもらおうよ！」

「えぇ？　みんなに？」

サリナが怪訝《けげん》な顔をする。

「うん。みんなに相談したら、あたしたちじゃ思いつかないようなアイデアがでるかもしれない。だって、今回はあたしたちのダンスじゃなくて、五年一組のダンスなんだもん」

そういってみたけど、ミッキーは顔をしかめた。

「みんな、ダンスの素人《しろうと》だぜ？　そんな意見、参考になるわけないじゃん」

ちっとも乗ってこない。

「でもぉ、アイデアは、たくさんあったほうがいいにゃーん」

ネコがいって、ミッキーもしぶしぶオーケーした。

きょうは帰りの会で、流しおどりの内容《ないよう》を説明することになっている。

佐久間《さくま》先生は、相変わらず口をだそうとしなかった。あたしたちにまかせるっていう感じで、窓《まど》のそばに立っているだけ。

あたし、サリナ、ミッキー、ロボ、ネコは前にでて、黒板に流しおどりの条件《じょうけん》なんかを書いていった。でも、クラスのみんなは、自分は関係《かんけい》ないって感じで、ずっとざわざわしっぱなし。

「しずかにしてください!」

あたしたちが書きおわると、学級委員の子が大きな声でいった。

「あの、こんな感じで、音楽も、おどりも、衣装《いしょう》も自由なんです。ふりつけは、いま、考え中ですけど……もし、いい意見があったら、みんなからも……」

そう呼《よ》びかけてみたけれど、やっぱりみんな、友だちとしゃべったり、つくえの中をのぞいたり、落ちつかない。

「ふりつけは、白鳥《しらとり》さんたちで決めてくれていいでーす」

だれかがいうと、「そうだー」って声があがった。

「好きな人が、やればいいと思うんだよね」

「そうそう。わたしたちが考えられるわけないし」

半分以上の人が賛成《さんせい》してくれたはずなのに……。やっぱり、みんなの気持ちはバラバラなのかな。

このままじゃ、やってもつまらないに決まってる。

みんなが参加して、いっしょにやろうっていう雰囲気《ふんいき》にしなくちゃ。

「あの!」

サリナが、声をはりあげる。

「野間《のま》さんが調べてくれたんだけど、よさこいおどりが、ヒントになるんじゃないかって。みんなも、運動会でおどったよね?」

そういうと、「ああ!」っていう空気が広がった。

「あれ、楽しかったよね」

「オレ、得意だったぜ」

何人かが声にだした。

「本場のよさこいおどりは、地方車《じかたしゃ》っていう派手《はで》にかざりつけたトラックにスピーカーをのせて、それを先頭におどりながらついていくらしいんだ。それって、今回のと似《に》てない？」

サリナが問いかけると、「そうかも」「似てるよね〜」って、反応《はんのう》がかえってきた。

みんなが、どんどん話の輪に入ってきてくれてうれしい！

「うち、鳴子《なるこ》が好きだった〜。カラフルで、かわいかったにゃん！」

ネコがいうと、みんな、ますます盛《も》りあがった。

「そういえば、かわいいかも！」

「おもしろい形してるしね〜」

「オレは、鳴子の音が好きだったなぁ」

それまでだまっていた子たちも、つぎつぎに発言しはじめる。

「じゃあ、鳴子を持って、おどったら？」

だれかの意見に、あたしはハッとした。

「それ、いいかも！」

思わずいうと、みんなもうなずいた。

「鳴子《なるこ》を持てば和のテイストもでてくるし、運動会で使ったのがあるから、学校に貸《か》してもらえるんじゃない？」

ロボが佐久間《さくま》先生のほうを見ると、「いいよ」っていうようにうなずいた。あたしは、急いで黒板に「鳴子を借りる」と書きとめた。

「他に意見がある人、いませんか？」

「ねぇ、よさこいって、他に特徴《とくちょう》はないの？」

逆《ぎゃく》にきかれてあせったけど、質問《しつもん》してくれるって、興味《きょうみ》を持ってくれている証拠《しょうこ》だ。

あたしはノートを広げて、よさこいの特徴を黒板に書きだした。

「音楽は、ロック、サンバ、ジャズ、レゲエ、なんでも自由です。あ……地方車《じかたしゃ》にバンドを乗せて生で歌うっていうのもあるみたい」

「へぇ、ライブっていいよなぁ」

ミッキーも話に入ってきた。そういえば、同じ曲でもライブバージョンのほうが好きだっていってたっけ。

「ねぇ、どんな歌にする？」

「かっこいいＪ《ジェー》ポップがいいよ」

「ノリがよくて、お祭りっぽいのがいいんじゃない？」

どんどん、発言がふえていく。さっきまでとは、大ちがいだった。自分たちがおどる曲を、みんな楽しんで考えている。

「あ、あれがいい！」

大きな声がして、「ほらほら、あの、お祭りの曲！」って、だれかがいいだす。周りの子がその曲を当てようとして、盛《も》りあがっていた。

「もしかして、『祭りと花火』？」

あたしがいうと、「そう！」って手をたたいた。みんなも、「知ってる〜」とか、「わたしも好き！」っていいあっている。

「好きな子をさそって、お祭りにいく歌だよね？」

「ノリがいいし、お祭りの曲だし、いいんじゃない？」

あたしはうなずきながら、サリナとミッキーを見た。

「その曲なら、ますます和風になるしね！」

「ヒップホップのかっこいいふりつけもあいそうだな！」

ふたりの顔がパッと輝《かがや》いて、うなずきあっている。

あたしたちだけじゃうかばなかったアイデアが、どんどんできて決まっていった。

5 五年一組らしさって?

帰りの会ではあんなに盛《も》りあがったのに、放課後、体育館にきたのはたった十人だけだった。

そうかんたんにはいかないか……。でも、落ちこんでる場合じゃない。少しでも楽しんでもらって、きてない子にも伝えてもらわなきゃ。

ミッキーとサリナは、音楽が決まったからと、急いでふりつけを考えている。はやく決まれば、みんなのやる気もアップするはずって、はりきっていた。

「ねぇ、きょうの練習、ちょっと変えない?」

あたしは、ロボに提案《ていあん》した。

「あたしたちって初心者だったから、みんなの気持ちに近いと思うんだ」

「うん」

ロボがうなずく。

「だから、あたしたちが楽しいって思ってたことをやってみようよ」

「そっか。まずは楽しんでもらうことからはじめようってことだね」

わかった、というようにもう一度うなずいた。

準備体操《じゅんびたいそう》をおえたあたしは、ダンスをはじめたばかりのころを思いかえした。

「きょうは、ヒップホップの基本《きほん》の動き、ダウンとアップをやります」

ヒップホップの基本中の基本だけど、できるとそれだけでサマになるから、きっと楽しいはず！

「まずは、ダウンのリズムから！　カウントをとるから、あたしたちの動きにあわせてみて」

パンッパンッと手拍子《てびょうし》しながら、あたしとロボでやって見せる。

「じゃあ、いっしょに！　ファイブ、シックス、セブン、エイッ！」

最初ははずかしそうにしていたみんなも、だんだんと乗ってくる。

「そう、いい感じ！　リズムに気をつけて」

ロボのアドバイスに、あたしもつけたす。

「おしりをつきだすと、あひるみたいになっちゃうよ！」

「あひる？」

みんなが、顔を見あわせる。

「つぎは、アップのリズム。上にのびる感じで」

ロボの言葉に、あたしはさらにつけくわえた。

「頭にひもがついてて、上にひっぱりあげられる感じ！」

「え～」

みんなが、プッとふきだした。

あたし、なんかおかしなことといった!?

ダウンと同じように、あたしとロボでやって見せてから、みんなにもやってもらう。

やりながら、なつかしいなって思った。

アップとダウンのちがいがわからなくて、何度もくりかえしたことを思いだす。みんなも同じみたいで、ときどき首をかしげている。

「お、いいね～！　うん、そんな感じ！　みんな最高～！」

思わずテンションが高くなってとびはねると、なぜか、またわらわれた。

時間になって練習をおえると、みんな、スッキリした顔でわらってた。

「野間《のま》さんの説明ってわかりやすかったよ。もっとおとなしいと思ってたのに、案外おもしろいんだね」

「え？　あたしがおもしろい？」

びっくりしてると、他の子もうなずいた。

「うん。それに東海林《とうかいりん》くんも、あんなにてきぱきしてるなんて思わなかった」

「いやぁ、そんな……」

ロボは、顔を赤くして照れている。

なんだか不思議《ふしぎ》。

毎日いっしょにいるから、お互《たが》いによくわかってるようなつもりでいたけど、実はそうでもないのかもしれない。

「ダンス、楽しかった」

「また、あしたもくるね！」

そういわれると、やっぱりうれしかった。


つぎの日は、人数がふえて十三人。

ちょっとずつだけど、確実《かくじつ》にふえてるんだから、そのうちきっと全員そろうはず！

「きょうは、かんたんなステップもやります！」

手拍子《てびょうし》にあわせて、ダウンのリズムをとりながら左右にステップ。音楽をかけてやっていると、体育館の入り口でこっちを見ている、クラスの子たちを見つけた。

「きてきて！」って手まねきすると、三人の子が走ってきて、そのまま仲間にくわわった。

よし、これで十六人！

つづいて、ツーステップやボックスステップ、ジャンプなんかもやってみた。

「みんなすごい！　これだったら、ふりつけもすぐにおぼえられるよ」

そういってるとき、タイミングよくミッキーとサリナがやってきた。

「とちゅうまでだけど、できたぞ！」

ミッキーの顔が明るい。きっと、いいのができたにちがいない！　でも、サリナの顔はちょっと心配そう。

「どうしたの？」

そっと、きいてみた。

「うん……いいふりつけではあるんだけど」

そういって、ちらっとミッキーを見る。ミッキーは鳴子《なるこ》を持って、音楽をかけた。

カンッカンッと、鳴子を二回打ち鳴らしたあとの動きに、あたしは目をみはった。

素早《すばや》いターンから、ランニングマンのステップ。大きくジャンプして、キックして
……。

速くて、複雑《ふくざつ》で、目で追うだけでも精《せい》いっぱい。

おどりおわると、パラパラと拍手《はくしゅ》がわいた。みんな、とまどっている。

「どうだ？」

ミッキーが、あたしのほうを見た。

「え……いいけど……」

思わず口ごもった。

「だろ？　われながら、なかなかだと思うんだ。このあとも、ヒップホップのステップをたくさん入れて、かっこよくするからさ」

ミッキーは満足そうだった。

「じゃ、最初のところからやってみよう」

いきなりカウントをとって、ステップをふみはじめる。でも、だれもついてこない。

「どうしたんだよ」

ミッキーが、みんなを見て、あたしとサリナを見た。

「あ、あのさ、ちょっとむずかしいんじゃないかな」

「何が？」

「そのふりつけ……」

そういっても、ミッキーにはわからないみたいだった。

「どうしてだよ。みんなにあわせて、かんたんにしたのに」

サリナが、大きなため息をついた。

「ミッキーにとってはかんたんでも、みんなにとっては、まだむずかしいよ」

「うん。あたしだって、できないかも」

そういうと、ミッキーは不満そうな顔をした。

「なんだよ、それ……。お遊戯《ゆうぎ》じゃないんだから」

「お遊戯なんて、ひどーい」

女の子たちが、むっとした。

「そ、そんないい方しないでよ。かんたんでも、五年一組らしいダンスができたら、

それでいいじゃない」

そういうあたしに向かって、ミッキーは眉《まゆ》をひそめた。

「五年一組らしいってなんだよ？　オレだって、いっしょうけんめい考えたんだ」

クルッと、背中《せなか》を向ける。

「勝手にしろ。オレは帰る」

「ミッキー！」

あたしがおろおろしていると、サリナがあとを追っていった。体育館のとびらのあたりで、いいあっている。

「一条《いちじょう》くんって、上から目線だよね」

「ほんと、やっぱりねって感じ。かっこいいけど、えらそうだもん」

みんなが、口々にいう。

「そんなこと……」

ミッキーって口は悪いけど、それだけじゃないのに。

「今度は鳴子《なるこ》を持って、さっきのつづきをしようよ」

女の子たちが、勝手に音楽を流しはじめた。

ミッキーのことは、心配だけど、みんなのやる気を損《そこ》なうわけにもいかないし……。

ミッキーのことはサリナにまかせよう。

「じゃ、じゃあ、ボックスステップからジャンプして……」

ミッキーとサリナの姿《すがた》を横目で見ながら、あたしは手拍子《てびょうし》をした。

カンッカンッカンッカンッ。

ダンッダンッダンッダンッ。

鳴子《なるこ》の音と足音が、体育館に響《ひび》いた。

ふと、ミッキーがこちらをふりかえった気がしたけど……。

でも、やっぱりでていってしまった。


つぎの日、ミッキーはなかなか登校してこなかった。

「あれくらいで帰っちゃうなんて、サイテーだよ！　ひとこといってやらなくちゃ！」

サリナは、イライラして怒《おこ》っている。ミッキーがあてにならないと、サリナがひとりでふりつけを考えなくちゃいけない。その不安が、手にとるように伝わってきた。

チャイムが鳴って、みんながガタガタと席につきはじめた。

佐久間《さくま》先生が入ってくると同時に、ミッキーもやってきて、ランドセルを置くといきなり黒板の前に立った。

「先生、ちょっと時間もらっていいですか？」

「え？　いいけど……」

佐久間先生が、勢《いきお》いにおされたように目をぱちくりさせる。

「みんな、つくえをうしろにさげて」

ミッキーが、両手をあげて指示をはじめた。あたしは不安になってサリナを見たけど、サリナも、わけがわからないって顔をしている。

「きのう、あれから考えて、できたんだ」

ミッキーを見て、みんなが首をかしげた。

「できたって、何が？」

あたしがきくと、にやりとわらった。

「もちろん、ふりつけに決まってんじゃん」

ミッキーは、たなから音楽プレーヤーをとりだして、CD《シーディー》をセットした。佐久間《さくま》先生も事情《じじょう》を察《さっ》したように手伝っている。

音楽がはじまり、ミッキーは鳴子《なるこ》を持ってかまえた。

カンッカンッと、鳴子を打ちながら、両足ジャンプ。

鳴子を肩《かた》にかついで、足を前にふみだす。

右にターンして、鳴子を打つ。

左にターンして、鳴子を打つ。

前に向かって鳴子を打ちながら、ボックスステップ。

両足を広げて、右足に重心をかけ、じょじょに立ちあがる。今度は逆《ぎゃく》。

「とりあえずここまでだけど、このあと、ヒップホップのかんたんなステップを入れようかなって……」

「ちょ、ちょっと待ってよ」

あたしは、思わず立ちあがった。

「あの……きのう、怒《おこ》って帰ったんじゃなかったの？」

「そうだけど」

「それなのに、これを考えてたの？」

「他に、何を考えるんだよ」

ミッキーが、怪訝《けげん》な顔をする。そして、じれったそうにきいた。

「そんなことより、このふりつけどうだよ」

「すごく、いいと思う。でもミッキーにしては、ちょっとかんたんすぎない？　もし、妥協《だきょう》したんだとしたら……」

それって、ミッキーらしくない。

「オレが、妥協なんてするわけないだろ」

「だって、この間のふりつけより、ずっとかんたんだよ」

サリナも、あたしと同じことを思ったみたい。

ミッキーは、わかってないな、というように首をふった。

「複雑《ふくざつ》でむずかしければ、いいダンスってわけじゃない。まぁ、オレもイッポの言葉で、それに気づいたんだけど」

「あたしの言葉？」

「五年一組らしいダンスってやつ。それを、ずっと考えてた」

そういえば、そういったけど……。五年一組らしいダンスって、実はまだ、あたしにもよくわからない。

「きのう、もうやってらんないと思って帰ろうとしたとき、鳴子《なるこ》とジャンプの音をきいて、これだって思ったんだ」

「音？」

「うん。あのときは十数人だったけど、鳴子や足音がそろったとき、大きな音が響《ひび》いてすごい迫力《はくりょく》だった」

音のことなんか、ちっとも気にしてなかった。

「そのとき、これが五年一組らしさかもしれないって思ったんだ」

そういって、ミッキーの目に力がこもった。

「三十五人のおどりがそろえば、動きそのものや、鳴子や足音で迫力《はくりょく》がだせる。それって、大勢《おおぜい》でおどる強みだと思わないか？」

「う、うん」

そんなこと、考えてもみなかった。

「ふりつけを複雑《ふくざつ》にするより、シンプルでも、全員がピタッとそろうようなダンスを目指すべきじゃないかって思ったんだ」

そうか……。

それまでだまってきいていたみんなも、やっと納得《なっとく》いった顔になった。

「一条《いちじょう》くん、それ、ずっと考えてたの？」

「わたしたちのために？」

みんなのミッキーを見る目が変わった。

「一条くん、ごめんね。なんか、誤解《ごかい》してた」

「ありがとう！　わたしもがんばる」

口々にいうみんなに、ミッキーは、「へ？」って顔をしている。

「あとさ、もうひとつ、提案《ていあん》があるんだけど」

ミッキーは気にもとめず、盛《も》りあがりかけたみんなをおしとどめた。

「さっきいった通り、五年一組のダンスは、迫力《はくりょく》がテーマだと思うんだ」

みんながうなずく。

「だから、流す曲も、生歌がいいと思う」

ミッキーは、きっぱりといった。

生歌？　教室がざわっとゆれる。あたしは、いやな予感がした。

「ほら、よさこいでも、地方車《じかたしゃ》に乗ったバンドが歌うものもあっただろ？　バンドはムリかもしれないけど、マイクで歌うなら、できると思うんだ」

「歌うって、だれが？」

みんなが顔を見あわせる。

「イッポに歌ってほしいってことでしょ？」

ミッキーがいう前に、サリナがはずむようにいった。

「イッポって……野間《のま》さん？」

「どうして？」

みんなの視線《しせん》がいっせいに集まって、あたしはうつむいた。

「イッポ、とっても歌がうまいにゃん！」

ネコが、大きな声でいう。

「そうなんだよ。チームでおどるときも、何度も歌ったことがあるし！」

ロボも応援《おうえん》するようにいってくれたけど、あたしはギュッと体をかたくした。

「そんなに歌いたいなら、カラオケでもいきゃあいいじゃん」

大木《おおき》の言葉が、グサッとつきささってくる。

「そういういい方ないでしょう？」

「そうだよ、練習にもこないくせに！」

そうだそうだと、女子が声をそろえた。

「うっせーな。オレの勝手だろ」

「だったら、口ださないでよ！」

いいあいがはじまって、それがクラス中に広がっていく。

その間も、あたしは身をちぢめて、消えてしまいたい気持ちだった。

大木《おおき》が、バンッとつくえをたたいて立ちあがる。

「じゃあ、おまえら、ほんとうに野間《のま》の歌でいいのかよ！」

そういわれて、教室がしずまりかえった。みんなが、こまったように顔を見あわせる。

「オレは、野間の歌がうまいなんて思ったこと、一度もないけどな」

胸《むね》が、キリキリといたんだ。

大木のいいたいことはよくわかる。音楽の合唱のときも、歌のテストのときも、あたしは目立たないようにして、いつもぼそぼそと歌ってた。ファーストステップのみんなの前で歌うときみたいに、思いきり声をだしたことはない。

「でも、わたしは知ってる。イッポがどれほど歌が好きで、上手かってこと」

サリナの声に、ドキッとする。

「そんなの、信じられるかよ」

大木は、ふんっと鼻でわらった。

「うそじゃない。あいつ、ダンスは下手だけど、歌はほんとうにうまいぞ」

ミッキーまでそんなことをいう。うれしいはずなのに、泣きたいような気持ちになった。

「イッポはね、はずかしがりやなだけにゃ」

「そうだよ。みんなの前じゃ、力を発揮《はっき》できないってこともあるだろ？」

ネコとロボが、かばうようにいうと、大木《おおき》は声をあげてわらった。

「だったら、商店街で歌うなんて、絶対《ぜったい》にムリだな」

心臓《しんぞう》の鼓動《こどう》が、速くなる。

せっかく盛《も》りあがってたのに、あたしのせいで、クラスが険悪《けんあく》な雰囲気《ふんいき》になるなんて……。

「野間《のま》はどうなんだよ。歌いたいのかどうか、はっきりいえよ！」

大木にせまられて、あたしは、おずおずと顔をあげた。

「あの……」

みんなが、こっちを見る。

ドクドクと、頭に血が流れこんできた。

ギュッと目をつぶる。

「あたし……自信がないから。オリジナルの曲を流したほうが、いいと思う」

「イッポ！」

サリナが何かいいたそうな顔をしたけど、あたしは席にすわってうつむいた。

大木《おおき》のいう通りだ。あたしにはムリ。みんなの前でなんて、歌えない。

これでいいんだって、自分にいいきかせた。

6 カラオケ大会

その日は、用事があるとうそをついて、放課後の練習を休んだ。

あんなに応援《おうえん》してくれたのにと思うと、サリナたちの顔もまともに見れない。

自分が、なさけなかった。

いままでやってきたことは、何だったんだろうと思ってしまう。

チームのみんなの前では歌えるのに、学校では、どうしても歌えなかった。

頭にうかんでくるのは、前の学校の合唱部での出来事。

みんなより大きな声で歌って、へんに目立ってしまって、仲間はずれにされた。だからそれ以来、あたしは思いきり歌うのをやめた。

サリナと出会って、みんなとダンスをするようになって、また歌えるようになって……すっかり克服《こくふく》したつもりでいたのに。

クラスのみんなの前で歌って、目立って、仲間はずれにされるのがこわい。想像《そうぞう》するだけで、古い傷《きず》がうずくように、心がズキズキといたむ。

つぎの日も、そのつぎの日も練習を休んだ。

「用事があるなら、しょうがないよ」

そんなのうそだってばれてるはずなのに、サリナたちはあたしをせめたりしなかった。ただ、心配そうな顔をして、「待ってるからね」という。でも、どうしても勇気がでなくて……うそでごまかしつづけた。

きっと、もう限界《げんかい》だ。みんな、心の中では怒《おこ》ってるに決まってる。

家に帰ると、部屋にとじこもった。「祭りと花火」の曲をかけて、ベッドに寝転《ねころ》んだ。

前奏《ぜんそう》が流れて、はりのある軽快《けいかい》な歌声が流れだす。

主人公は、男の子なのか、女の子なのかわからないけど、勇気をだして、好きな人をお祭りにさそうという歌詞《かし》。

ふたりで歩きながら、浴衣姿《ゆかたすがた》にドキッとしたり、相手のしぐさや言葉が気になったり。そんな心のやりとりに、だれもが共感できる歌。
あたしも気持ちがわかるから、この歌を、思いきり歌ってみたい。
それなのに、オリジナルの曲を流したほうがいいなんていってしまった。
涙《なみだ》が、じわっとあふれてくる。
サリナもミッキーもロボもネコも、きっとあきれて怒《おこ》ってる。
期待はずれだと思っただろう。
せっかく、みんなでがんばってきたのに……。
これじゃあ、チームのメンバーとしても失格《しっかく》だ。

考えれば考えるほど、苦しくなる。

そのとき、家の電話が鳴った。

そういえばお母さん、ちょっとでかけるっていってたっけ。

ろう下にでて電話にでると、「もしもし？ 白鳥《しらとり》ですけど」ときこえてきた。

「サリナ？」

「イッポ、用事はすんだ？」

「あ……」

そういえば、きょうも用事があるっていって帰ったんだった。

「う、うん、まぁ」

うそをついて帰ったことに、うしろめたさを感じる。きっとサリナは怒《おこ》ってて、もう一度考え直すように説得してくるにちがいない。

でも、あたしは……やっぱり歌えそうになかった。

「ねぇ、今夜、松野《まつの》神社のお祭りなんだ。みんなもいけるっていうから、イッポもいこうよ！」

予想外のサリナの明るい声にとまどった。

「みんなって？」

「ミッキーやロボやネコもいけるって」

「え、あの……」

「六時に神社の鳥居《とりい》で待ってるから！　じゃあね」

電話が切れたあとも、あたしはポカンとしてた。

みんな、怒《おこ》ってないのかな。

もしかしたら、あたしが歌うことなんて、はじめから期待してなかったのかもしれない。

そう思ったら、気持ちがちょっと軽くなった。

「そうだ、浴衣《ゆかた》！」

タンスの奥《おく》をさぐりながら、ひさしぶりに心がうきたつのを感じた。

紺地《こんじ》に赤いアザミがえがかれた、お気に入りの浴衣を着て、待ち合わせ場所にいった。

日がしずんでうす暗くなった神社は、提灯《ちょうちん》のあかりがともって、いい雰囲気《ふんいき》になっている。多くの人でにぎわって、屋台もたくさんでていた。

階段《かいだん》の下の鳥居《とりい》の前に、サリナ、ロボ、ネコが立っていた。みんなも、それぞれ浴衣《ゆかた》を着ている。

「お、おまたせ」

ちょっとだけ、緊張《きんちょう》した。

「わぁ、イッポの浴衣、かわいいねぇ！」

サリナにほめられて、思わず顔がゆるんだ。いつもと同じいい方で、なんだかホッとする。

「サリナこそ、すっごく似合《にあ》ってる」

スタイルのいいサリナは、何を着てもキマッてる。ハーフアップにした髪《かみ》も大人っぽくてステキ。

「ネコの浴衣、変わってるねぇ」

「うちが、アレンジしたにゃん！」

なんでも自己流にアレンジしちゃうネコは、浴衣《ゆかた》にも手をくわえていた。えりのところにレースがついてるし、浴衣のすそが短いのも、なんだかかわいい。

「ロボも、何気に似合《にあ》ってるかも」

サリナが、ププッとわらいながらいう。

「何気にって、なんだよぉ」

文句《もんく》をいいながら、ロボもまんざらでもなさそうな顔をした。背《せ》がひょろっと高いロボは、浴衣を着るとふだんよりかっこよく見えた。

「ロボは、生まれる時代をまちがえたんじゃない？　江戸《えど》時代だったら、モテモテだったかもね。あー、もったいない！」

見た目は大人っぽいのに、サリナの毒舌《どくぜつ》は相変わらずでわらってしまう。

みんなに何かいわれるんじゃないかとドキドキしてたあたしは、ちょっと拍子《ひょうし》ぬけした。やっぱりみんな、あたしが歌わないことなんて、ちっとも気にしてないみたい。

少し複雑《ふくざつ》な心境《しんきょう》だけど、これでよかったんだって思うことにした。

だいぶ心が軽くなったあたしは、ミッキーがいないことに気がついた。

「ミッキーは？」

「う〜ん、まだなんだよねぇ。家のお手伝いがおわってないのかなぁ？」

そういえば、ミッキーのところは共働きで、長男のミッキーが、弟たちや妹のお世話や家事の手伝いをしている。もし、これなかったらがっかりだ。

「あ、きた！」

ロボの声に、思わず人ごみの向こう側をさがした。

う、わ……。

やばっ。

浴衣姿《ゆかたすがた》のミッキーが、かっこよすぎて目をはなせなかった。

何の変哲《へんてつ》もない紺地《こんじ》のシンプルな浴衣なのに、ミッキーが着ると、とびきりステキに見えてしまう。まるで、雑誌《ざっし》の中からとびだしてきたみたいだ。

「おくれて悪い。こいつらが、ぐずぐずしててさ……」

そういうミッキーのうしろから、小さい子たちがわらわらとでてきた。

「わーい！　わたがし！」

「まずは、金魚すくいだろ！」

「射的《しゃてき》だ、射的〜！」

「オレが先だぜ！」

あたしたちは、目を丸くした。あっという間に、勢《いきお》いよくとびだしていく。

「こら、遠くにいくな！　むだづかいするなよ！」

ミッキーのいうことなんて、まるできいてなかった。

きっと、お祭りにいくなら、弟や妹もつれていくように親からいわれたんだろう。

「大変だね……」

「まぁな。でも、いい思い出って、たくさんあったほうがいいじゃん」

いつもぶっきらぼうなくせに、たまにこんなやさしいことをいう。そんなやさしさに、ぐっときてしまう。

思い出かぁ。

そういえば、あたしも熱弁《ねっべん》したっけ。「みんなでおどって、いい思い出を作ろうよ！」って。

それなのにあたしは、昔のいやな思い出にとらわれているなんて……。

「さ、屋台をまわろう！」

サリナがいって、あたしたちは順番に屋台を見てまわった。

わたがしやたこ焼きをみんなでわけあって食べたり、射的《しゃてき》をして大さわぎしたり。

そんなことをしていると、何もかも忘《わす》れてしまいそう。

「つぎ、あれやろ！　金魚すくい！」

ネコが、目をギラギラさせながらいった。

「ミケにあげるために、絶対《ぜったい》にすくってやるにゃ〜」

ミケって……まさか、ねこのえさ⁉

あたしたちは、一本ずつポイを受けとって、それぞれ好きなところにすわりこんだ。

ふと気がつくと、あたしのとなりにミッキーがいる。浴衣《ゆかた》のそでをまくりあげた腕《うで》を見て、ドキッとした。すらっとしているのに、ダンスをやってるだけあって、筋肉《きんにく》あるんだよねぇ。この腕でバック転や側転《そくてん》をしているんだと思うと、思わず見とれてしまう。

ゆらゆらと泳ぐ金魚。すぐ横にはミッキー。なんか、しあわせ。

「実はぼく、金魚すくい、得意なんだよね」

ロボがいうと、ミッキーも負けずにいった。

「オレだって、金魚すくい選手権《せんしゅけん》の予選にでたことがある」

金魚すくい選手権なんてあるの？　しかも予選って、じまんになる？

「いいか、ポイには、表と裏《うら》があって、全部水にひたしたほうが、紙がやぶれにくいんだ」

「はぁ……」

たのんでもいないのに、ミッキーがうんちくを語りだす。

「金魚は、しっぽのほうからすくうんだよ。気づかれないように、そっとね」

ロボも、ネコに向かって語っている。

どうして男の子って、ヘンなところでムキになるんだろう？

「それっ」

「えいっ」

ミッキーとロボが、水の中にポイを入れると、あばれた金魚が紙をつきやぶって同時に落ちた。

「あ～あ、なさけない」

サリナが、あきれて首をふる。

「くっそ～」

さっさとやぶれてしまったミッキーは、あたしの手もとをじっと見た。

「そうじゃない！　ちゃんと水にひたせっていっただろっ。あ～、だからちがうって！」

じれったそうに横から手をだして、あたしの手の上からポイをつかんだ。

ドキッ！

びっくりして、思わずポイから手をはなしてしまった。

あ〜。ポイが、水の中にしずんでいく。

「何やってんだよぉ」

「な、何って、ミッキーがよけいなことするからでしょ！」

「親切に教えてやろうとしたのに、なんだよそれ」

「それが、よけいなんだってば！」

ミッキーの顔が近すぎて、かぁっと体が熱くなって、あたしは逃《に》げるように立ちあがった。

結局、ネコのひとり勝ち。金魚を三びきと、出目金《でめきん》を二ひきとった。

「まさかそれ、ほんとうにミケにあげるの？」

サリナが不安そうにきくと、ネコはニャッと目を細めた。

「ミケは、金魚なんて食べないし〜。見るだけ！」

それをきいて、ホッとした。

会場をひと通りまわると、「やっぱ、ソースせんべい買ってくる！」といって、ネコが走っていった。そのあとを、サリナたちが追いかける。

少しつかれたあたしは、大きな木のかげで休んだ。

ふうっと、息をつく。

大きな木によりかかると、ひんやりと気持ちよかった。人の往来《おうらい》からは死角になっていて、ひっそりとしている。お祭りのにぎわいが遠のいて、ほてったほおから、熱がひいていった。

みんなと遊んでると、楽しいな。

でも、こうやってひとりになると、やっぱり思いだしてしまう。

せっかくみんなとダンスをしてるのに、あたしだけ、立ちどまっている気分……。

「どうしたんだ？」

「うわっ！」

いきなり話しかけてきたのは、ミッキーだった。

「何をそんなにおどろいてんだよ」

ミッキーが、怪訝《けげん》な顔で見つめてくる。

「べ、別に！　っていうか、どうしたの？　弟と妹、見にいったんじゃなかった？」

声を上《うわ》ずらせながら、ドキドキする心臓《しんぞう》をおさめるように深呼吸《しんこきゅう》した。

「もっとこづかいくれってうるさいから、逃《に》げてきた」

「そう」

あー、びっくりした。

「歌のこと、迷《まよ》ってるんだろ」

うっ……ばれてる。

「サリナも心配してたぞ」

あたしには、そんなそぶりは見せなかったのに。サリナやみんなは、落ちこんでる
あたしを元気づけようとしてくれてたんだ。

「ほんとうに、歌わないのか？」

「うん。ごめんね」

「別にいいよ。イッポがそれでいいなら」
あたしが、いいなら？
……わからない。
あたしはそれで、いいんだろうか。
心の中に、またもやもやが広がって、体中をおおってしまいそうだった。
いやだ。
この先もずっと、いやな思い出をひきずっていくなんて、いやだ。
「なんか、『祭りと花火』を思いだすな」
ミッキーが、不安にゆれるあたしの目をのぞきこんでくる。
木に片手《かたて》をついたまま、そっと顔を近づけてきた。
え？　な、何？
ちょっと待って。このシチュエーション……。
うそ！
ミッキーの熱いまなざしから、目をそらせない。

「あ、あのっ」

「しっ」

もう片方《かたほう》の手を、あたしの顔によせてくる。

思わず、かたく目をつぶった。

きゃ〜、どうしたらいいのぉ！

ぺちっ。

まぬけな音がした。

え？

おでこ、たたいた？

「やった！　こいつ、こんなに血ぃすってたぜ」

目をあけると、ミッキーのてのひらに、つぶれた蚊《か》がいた。

かゆい……。

「相変わらずとろいなぁ。こんなところさされて」

おでこを指さされてわらわれたあたしは、涙《なみだ》がこみあげてきた。

「いたいた〜！」

ものすごい勢《いきお》いで、ネコが走ってくる。

「ほら、もうすぐ出番にゃん！　はやくはやく！」

「は？　え？」

ネコにぐいぐい腕《うで》をひっぱられて、何がなんだかわからなかった。

「ちょっと、出番って？」

「イッポを元気にする大作戦が、はじまるにゃー！」

「え？　大作戦って何？」

あたしは、わけもわからずつれていかれた。

神社の本堂の横に舞台《ぶたい》があって、たくさんの人が集まっていた。

「七時半から、カラオケ大会がはじまります！　すばらしい賞品を用意してますよ！

そろそろ、受けつけ終了《しゅうりょう》しまーす！」

拡声器《かくせいき》から、大きな声が流れてくる。

「つれてきたにゃん！」

ネコがサリナに向かって敬礼《けいれい》すると、サリナがあたしの両手をにぎった。

「イッポ、過去《かこ》の出来事を、ここで克服《こくふく》しよう！」

「へ？」

あたしはきょとんとした。サリナったら、何をいってんだろ？

「イッポ、いったよね？　合唱部で目立ちすぎたせいで、みんなに無視《むし》されたことがあるって」

「う、うん」

サリナは、以前あたしがいったことをおぼえてて、どうしてあたしが歌わないか、ちゃんとわかってたんだ。

「ダンスをはじめたとき、わたし、イッポにいったでしょう？　『変わりたくない？』って。わたし、イッポはすっかり変われたんだと思ってた。たくさんの人の前でおどったり、歌ったりできるようになったから」

あたしだって、そう思ってた。ダンスをすることで、あたしは変わったんだって。

「でも、そんなかんたんなものじゃなかったんだね。いままでは、知らない人たちの前だったもんね。でも、今度はクラスの子たちの前。だから、不安なんでしょう？」

「うん……」

サリナのいう通りだった。

「だからここで、克服《こくふく》しようよ！」

「まさか、カラオケ大会で歌えっていうの？」

あたしはびっくりした。地元のお祭りだから、知ってる人もたくさんいる。もちろん、同じ学校の子もきてて……。

「そ、そんなのムリ！」

「カラオケ大会で、優勝《ゆうしょう》したことあるっていってたじゃない」

「それって、五歳《さい》のときの話だよ？」

「イッポひとりにはしないよ。わたしもいっしょにでるから」

「サリナも？」

サリナが、あたしの手をもう一度にぎった。

あったかい……。

あたしのために、いっしょにでてくれるっていうの？

「だれだって、いやな思い出ってあるよ」

「イッポなら、乗りこえられるにゃん」

ロボとネコもうなずいた。

五歳《さい》のとき、カラオケ大会で優勝《ゆうしょう》したときの思い出がよみがえる。たくさんの拍手《はくしゅ》とスポットライトをあびて、たまらなくうれしかった。

あのキラキラした思い出なら、いやな思い出を消しさってくれるかもしれない。

「いい思い出は、たくさんあったほうがいいっていったろ？」

ミッキー……。

「また、優勝しちゃいなよ」

ロボがいった。

「応援《おうえん》するにゃ！」

ネコが、両手でうちわをふる。

ここで克服《こくふく》できなきゃ、あたしはずっと……。

「あたし、がんばる。がんばってみる！」

あたしもサリナの手をにぎりかえした。

7 サリナとダンスユニット

歌はもちろん「祭りと花火」。

ふりつけは、サリナが考えてくれた。

「せっかくふたりだけでおどるんだから、かわいいふりつけにしようよ！」

サリナは、ノリノリだった。ステージでおどれることがうれしいみたい。

「浴衣《ゆかた》だから、足の動きは小さくていいからね。ランニングマンのステップのあと、右と左にツーステップ。腕《うで》のふりはこう」

教えてくれたふりつけは、いつもとちょっとちがう。手をひらひらふったり、顔の前でてのひらを交差させたり、かわいらしくてアイドルみたいなダンスだ。

「十六カウントごとに、同じ動きをくりかえすだけだから、おぼえられるでしょう？」

「うん、なんとかなると思う」

カラオケ大会はもうはじまってて、一番の人から順番に歌っている。おじいちゃん、おばあちゃんたちが演歌《えんか》や民謡《みんよう》を歌ったり、お父さん、お母さん世代が昔流行《はや》った歌を歌ったりしてた。

その間、あたしは小さな声で歌いながら、何度もダンスの練習をした。せっかくサリナとおどるんだから、足をひっぱりたくない。

「ひとつだけ、お願《ねが》いがあるの」

「何？」

きくと、サリナがじっとあたしを見つめた。

「わたしが一番を歌うから、イッポは二番を歌ってくれる？」

「え？　いっしょに歌うんじゃないの？」

すっかりそう思いこんでいたあたしは、びっくりした。サリナといっしょに歌うと思ってたから、安心してたのに……。

「だいじょうぶ。わたしがとなりにいるんだもん」

そっか。ひとりで歌わないと、意味ないもんね。

「わかった。がんばるよ」

そういったけど、ほんとうは不安でいっぱいだった。

「では、つぎのかた、エントリーナンバー二十二番、白鳥沙理奈《しらとりさりな》さんと、野間一歩《のまかずほ》さん、どうぞ〜！」

いざ司会の人に呼《よ》ばれて舞台《ぶたい》に立ったら、緊張《きんちょう》して汗《あせ》がじわっとうかんだ。

舞台の上の照明は明るくて、木の長いすにすわったお客さんがよく見える。

「一歩〜！　がんばれ〜！」

「またまた優勝《ゆうしょう》、まちがいなーし！」

えぇ？

「お父さん！　お母さん！」

客席の一番前で、派手《はで》に手をふっているのは、お父さんとお母さんだった。

いつの間に、お祭りにきてたの？

そういえばお母さん、お祭りにいくっていったら、「わたしも浴衣《ゆかた》着ようかしら」

なんていってたけど……。

どこから持ってきたのか、「日本一！」ってはちまきまでして、ひときわ目立っている。

「あれね、うちの娘《むすめ》なんですよ」「五歳《さい》のとき、カラオケ大会で優勝《ゆうしょう》してね～」なんて、知らない人に話しかけている。

はずかしい……。

「サリナちゃーん！　イッポちゃーん、がんばれ～」

今度は何かと思ったら、同じクラスの女の子たちが、こっちに向かって手をふっている。その近くでは、大木《おおき》たち男子がヨーヨー風船をふりまわしてニヤニヤしていた。

うわっ！

思わずサリナを見ると、にこにこと手をふりかえしていた。

ドキドキして、逃《に》げだしたくなったけど、もうそんなよゆうはない。

サリナが、「いくよ」というようにうなずいて、マイクに向かった。

♪にぎわう祭り　きみをさがしたぁ〜

へ？

とんでもなくくずれた音が、スピーカーから流れてきた。

おどろいて、思わずとなりを見る。サリナは、気持ちよさそうに歌ってた。

一瞬《いっしゅん》、マイクがこわれたのかと思うくらいだったけど、とどいてくる声は、サリナのものにまちがいない。

サリナって、音痴《おんち》だったんだ！

客席から、くすくすと笑い声がおきた。

あたしはおどりながらハラハラした。おそるおそるクラスの子たちを見ると、やっぱりわらってて……大木《おおき》たちなんて、お腹《なか》をかかえて爆笑《ばくしょう》している。

ああ、なんてこと。

これじゃあ、克服《こくふく》するどころか、苦い思い出がふえるだけ。

あたしは、ちらちらととなりを見ながら、とにかくおどりつづけるしかなかった。

腕《うで》をふって、ランニングマン。

右にツーステップ、左にツーステップ。

両手を左右にふって、てのひらを顔の前でクロスしてひらく。

うしろに片足《かたあし》をあげて、逆《ぎゃく》の手でタッチ。

おどりながら、お客さんの苦笑いに、だんだん腹《はら》が立ってきた。

だれだって、苦手なことくらいあるでしょっていいたくなる。サリナは、わらわれるような子じゃないのに。やさしくて、ダンスがうまくて、ステキな女の子なのに！

「サリナ〜！」

「イッポ〜！」

「がんばれ〜！」

ロボ、ネコ、ミッキーの声援《せいえん》がきこえてきた。うしろのほうで、とびはねて、大きく手をふっている。

みんな……こんな状況《じょうきょう》でも、応援《おうえん》してくれている。

そうだ、がんばらなくちゃ。最後まで！

間奏《かんそう》が入って、サリナがあたしに向かってうなずいた。
あんなにわらわれたのに、平気な顔をして、「がんばって！」っていってるみたい。
あたしもうなずきかえした。
サリナの分まで、がんばるから！
あたしはマイクをとると、会場の苦笑いをふきとばすように声をはりあげた。

♪きみの笑顔が　まぶしくて
　胸《むね》の鼓動《こどう》と　太鼓《たいこ》の音と

お客さんが、おや？　という顔になった。
観客席《かんきゃくせき》にすわっていない人も、立ちどまり、ふりかえる。
もう、何も考えない。精《せい》いっぱい歌うだけ。
ああ、やっぱり歌うのって気持ちいいな。
たくさんの笑顔とスポットライトを、全身で受けとめる。

体の中からあふれでる思いを、みんなにとどけたい！

ラストのポーズをキメると、たくさんの拍手《はくしゅ》がわいて、ハッとわれにかえった。

歌えた……。

ステージをおりたとたん、同じクラスの子たちがかけよってくる。

「イッポちゃん、すごい！　ほんとうに歌、うまいんだね～！」

「びっくりしたよ。感動しちゃった！」

「あ、あの」

サリナの分までがんばろうと思って、気がついたら、夢中《むちゅう》で歌ってた。

ぼーっとしてるあたしの肩《かた》を、サリナが体でおしてくる。見ると、「やったね！」って感じでブイサインしてた。

「ね、わたしの歌はどうだった？」

サリナがきくと、女の子たちは苦笑した。

「う～ん、上手だったけどぉ」

「うそうそ！　わたしって、音痴《おんち》なんだよねぇ」

「やだ、サリナちゃんったら！」

みんながわらっている。でもサリナは、ちっとも気にしてないようす。

「サリナちゃんって、かわいいし勉強もできて、完璧《かんぺき》って思ってたのに、いがーい！」

「完璧なわけないじゃん！　できないこともたくさんあるよ」

サリナ……。

もしかして、歌が苦手なのに、ムリしていっしょにでてくれたの？

「イッポちゃん、やっぱり歌ってくれない？」

「そうだよ。わたしもあんな歌でおどりたいな」

みんなが、口々にいう。

「でも……」

「もう、だいじょうぶだよ」

サリナが、肩《かた》に手を乗せる。

「こんなにたくさんの知り合いがいる中で、歌えたんだもん。もう、歌えるでしょう？」

そういわれて、心の中のもやもやが消えていることに気がついた。あんなになやんでたのがうそみたいに、すっきりとしている。

「うん。歌える……気がする」

「やった！」

みんなに、肩《かた》や背中《せなか》をたたかれた。

「それにしても、サリナって、ほんとに歌が下手だったんだにゃ〜」

クラスの子たちがいなくなると、ネコが大笑いした。

「いや〜、ここまですごいとは思わなかった」

ロボが、ククッと笑いをこらえている。

「まぁ、昔から音痴《おんち》だから、しょうがないな」

ミッキーは、当然っていうようにいった。

「幼稚園《ようちえん》のときの発表会でわらわれて以来、合唱のときは口パクだもんな」

「そうだったの!?」

「うるさいなぁ〜」

そういって、ミッキーにパンチするまねをしたけれど、サリナはわらってた。

「でも、おもしろかったじゃん。みんなウケてたし」

「あれじゃあ、優勝《ゆうしょう》できないにゃ〜」

ロボとネコがそんなふうにいうから、ようやくあたしも笑顔になった。

「サリナ、ごめんね。あたしのために」

「それはちがうよ」

サリナは、キュッと口をひきしめた。

「イッポのためだけじゃない。わたしも、みんなにほんとうの姿《すがた》を見てほしかったの。わたしは、みんなが思ってるような子じゃないから」

サリナも勇気をだして、自分をさらけだしたんだ。

あたしも、自分をごまかさずに、クラスのみんなと向きあっていけるかな。

「それに、わたしもイッポの歌でおどりたいの。イッポの歌には、人の心を動かす力があるもん」

じわっと、涙《なみだ》がうかんだ。

何をおそれてたんだろう。

あたしには、こんなステキな仲間がついている。何があってもこわくない！

「ありがとう。あたし……歌うよ」

「よし！」

「やった！」

みんなのテンションが一気にあがったそのとき、舞台《ぶたい》の上から、ドンッドンッドンッと、お腹《なか》の底に響《ひび》くような音がきこえてきた。

ふりかえると、はっぴを着た男の人たちが、「やぁ！」「はぁっ！」っていいながら、和太鼓《わだいこ》をたたいていた。

ドドドドドッ！

ドーン、ドーン！

すごい迫力《はくりょく》。

あたりの空気が、ビリビリとふるえている。

あれ？

男の人たちの中に、見たことのある人を見つけた。

「じいちゃん！」

ロボも気がついて、ステージの下に走りよる。

「もう、何やってんだよぉ。家でおとなしくしてるようにいわれたでしょ？」

「うるさい！　ぎっくり腰《ごし》がこわくて、祭りができるかぁ！」

手をとめず、どなりかえすように答えている。

うわ、やっぱり元気。

ドンッドンッ、カカカ、ドンッ、カカカ。

おじいちゃんは、すごい勢《いきお》いで太鼓《たいこ》をたたきつづける。

町中に響《ひび》きわたるような太鼓の音が、お祭りをさらに盛《も》りあげていった。

8 もう一度、勝負！

つぎの日、あたしは佐久間《さくま》先生にお願《ねが》いして、少しだけ時間をとってもらった。

立ちあがって、クラスのみんなを見まわす。

「あの……」

言葉がのどにつかえて、逃《に》げだしそうになったけど、サリナと目があって、勇気をふるいおこした。

「この間、歌わないっていったけど、あたし、やっぱり歌いたくて」

そういうと、教室がざわついた。どうしてっていう子が大半だったけど、お祭りにきてた子たちが、パチパチと手をたたいてくれた。

「賛成《さんせい》！　イッポちゃんの歌、上手だったもん」

「わたしもそう思う！」

そんな声に、背中《せなか》をおされる。

「いままで、はずかしくてかくしてたけど、あたし、歌うのが好きなんです。精《せい》いっぱいがんばるから、歌わせてください！」

あたしは頭をさげた。

「ほんとにうまいんだよ！」「びっくりしたよ～」って声がきこえてくる。

パチパチって拍手《はくしゅ》が広がりかけたとき、「ちょっと待ったぁ！」と、大木《おおき》が止めた。

「オレは反対！」

「え～、どうしてぇ？」

「大木だって、イッポちゃんの歌、きいたじゃない！」

女子から、反発の声があがる。

「オレ、白鳥《しらとり》のへたくそな歌しかきいてないもんね～」

「うそだよ！」

「わたし、見てたもん！」

そういわれても、耳をおさえて知らんぷりをしている。

「大体さぁ、野間《のま》が歌ってるところ、きいてないやつもたくさんいるわけじゃん？　それなのに、認《みと》めちゃってていいわけ？」

大木《おおき》がクラスを見わたした。みんな顔を見あわせて、う〜んって迷《まよ》いだす。

「練習にもこないくせに」

「いやみだよね」

大木をせめる声もではじめた。

そのとき、ロボが手をあげた。

「あのぉ。どうして大木くんは、そんなにダンスをやりたくないんですか？」

「うるさいな。メガネに関係《かんけい》ないだろ」

「だって、参加したくない理由が、何かあるはずだと……」

「ダンスなんてくだらないし、やりたくないんだよっ」

大木が、はきすてるようにいった。ダンスをかたくなに拒否《きょひ》して、入りこむスキもない感じ。

「ぼくも最初は、ダンスなんてできないし、つまらないって思ってたし、興味《きょうみ》もなかったけど……」

ロボが、おずおずという。

「やってみたら、思ってたのと全然ちがったんだ。やってみないとわからないことって、あると思わない？」

「ふん。ちょっとダンスができるようになったからって、調子に乗るなよ。オレに勝ったって、思ってんのか？」

大木《おおき》が、じろっとロボをにらんだ。

ロボが、悲しそうに首をふる。

「そんなことない。ぼくは、大木くんに感謝《かんしゃ》してるんだ」

「感謝って、それ、いやみか？」

「いやみじゃない。大木くんのおかげで、ぼくはダンスをやりたいって思うようになった。もし大木くんがいなかったら、ぼくはいまでもダンスが苦手だったし、ダンスの楽しさも知らなかった！」

ロボの言葉に、教室がしずまりかえった。

大木《おおき》はそっぽを向いたまま、何か考えている。そして、ぼそっといった。

「商店街で歌うってことは、もちろん、教室でも歌えるんだよな」

そういって、あたしを見る。

「いまここで、野間《のま》が歌えたら、考えてやる」

「ほんと?」

「ちゃんと、前にいって歌えよ」

「……わかった」

ごくりとつばをのむ。まさか、いまここで歌うことになるなんて思いもしなかったけど……こうなったらやるしかない。

黒板の前に向かう間も、足がふるえた。

「はい!」

サリナが手をあげる。

「じゃあ、ついでにわたしたちはおどります!」

サリナ、ミッキー、ロボ、ネコも立ちあがって前にでてきた。

あたしがおどろいてると、

「ちょうどふりつけも、全部完成したんだ！」

サリナが、ニコッとわらった。

手にはそれぞれ、鳴子《なるこ》も持っている。

みんながつくえをうしろにずらして、あたしを真ん中に、ファーストステップのみんながならぶ。顔を見あわせて、うなずきあった。

佐久間《さくま》先生が、音楽プレーヤーのボタンをおす。

音楽が流れはじめて、すっと息をすった。

♪にぎわう祭り　きみをさがした
　秋風通りぬけ　心がゆれる

勢《いきお》いよく、鳴子を打ち鳴らしながらジャンプする。

♪金魚すくいに　はしゃぐきみ
　ずっとずっと　見つめてた

鳴子《なるこ》をかつぐように、足をふみだす。
右にまわって、カンッと打つ。
左にまわって、カンッと打つ。
両手を前につきだして、右上、左上、右下、左下でカンッカンッカンッカンッ。
鳴子を打ちながら、ボックスステップ。
両足を広げて、バッとしずみこむ。
右足に重心をかけ、鳴子を鳴らしながら、じょじょに立ちあがって、今度は逆《ぎゃく》。
あたしが知ってるのは、ここまで。
さらにサリナたちは、元気にとびはねるようなステップをふんだ。
あたしのいない間に、最後まで完成させてくれてたなんて……。
足音も、鳴子の音も、三十五人だったらもっと迫力《はくりょく》がでるにちがいない。

むずかしいステップも複雑《ふくざつ》な動きもないけれど、最高にかっこいいと思った。

あたしは、心をこめて歌った。歌が好きだっていう、あたしの思いがみんなに伝わるように。

教室の空気が、じょじょに熱くなっていく。バラバラだった思いが、ひとつになっていくのを感じる。

最後まで歌いきると、スカッとした。

わーっと、拍手《はくしゅ》がわく。

「すごい！」

「ダンスもかっこいい！」

「わたしたちも、そんなふうにおどれるの？」

みんな、ほおを上気させて興奮《こうふん》している。

「野間《のま》さんの歌もよかったよ！」

「なんか、感動した〜！」

笑顔でかわされる声に、胸《むね》が熱くなる。

大木《おおき》のほうを見ると、ぷいっと窓《まど》の外を見ていた。

あたしたちの歌とダンス、大木にもとどいたかな。

精《せい》いっぱいやったんだから……あたしは信じようと思った。


放課後、体育着に着がえたみんなが体育館にやってきた。

「わぁ、いままでで、最高記録じゃない？」

サリナの声がはずむ。どんどん集まって、いつもはこない男子もきはじめた。

でも、大木と島田《しまだ》の姿《すがた》がまだ見えない。

「やっぱり、ダメだったのかな」

あたしは、ため息をついた。精いっぱいやったつもりだけど、まだ足りなかったのかもしれない。

「あ、きたにゃん」

「うそ！」

とびらを見ると、島田にひっぱられて、大木がやってきた。

「わ、ほんとにきた」

サリナもおどろいている。

「くると思ったにゃ」

ネコが、ふふんっと鼻を鳴らした。

きた……ほんとうに、きた！

大木《おおき》が、ロボの前に立った。ロボが緊張《きんちょう》して、あたしたちの動きも止まる。

「メガネ、オレのおかげで、ダンスができるようになったっていったよな？」

「え、う、うん」

「だったら、オレたちにダンスを教えろよな。恩返《おんがえ》しってやつだ」

ロボが、目をぱちくりさせた。

「も、もちろんだよ！　ビシバシ教えるから！」

「ビシバシって、調子に乗んなよ～」

大木と島田《しまだ》が、肩《かた》や腰《こし》に手をまわし、ロボが「やめてよぉ」とかいっている。

「あの人たち、実は、仲がいいんじゃないの？」

　サリナがいって、あたしも肩《かた》をすくめた。

「さぁ、ならんで、準備体操《じゅんびたいそう》しよ～！」

　あたし、サリナ、ミッキー、ロボ、ネコが前にでて、準備体操をする。おわったら、五つのグループにわかれて基本《きほん》練習。大木《おおき》と島田《しまだ》は、自分からロボのグループに入った。

「じゃあ、ダウンのリズムから！　ファイブ、シックス、セブン、エイッ！」

　ちらっと見ると、大木もまじめな顔でやってて、思わずくすりとわらってしまう。「あれれ？」なんていいながら、できるとうれしそうだった。

「つぎ、アップのリズム～」

　基本の動き、ステップを、つぎつぎとこなしていく。ひと通り基本練習がおわったら、またみんなで集まった。

「きょうから、ふりつけをおぼえていきたいと思います」

　サリナがいうと、みんなうれしそうにうなずいた。

「前奏《ぜんそう》がおわって歌がはじまったら、鳴子《なるこ》を打ちながら四回ジャンプ。それから足をふみだすところまで、鳴子《なるこ》なしでやってみよう」

「ワン、ツー……」とカウントをとりながら、全員でジャンプしてみる。

あれ？

ただジャンプするだけなのに、足音がバラバラ。

「もう一回。よくきいて」

サリナが、パンッパンッと大きく手拍子《てびょうし》したけど、やっぱりあわない。

これは、大変だ……。

人数が多いと、迫力《はくりょく》がでる。

でも、全員の動きをあわせるのは、意外とむずかしい。

「つぎ、足をふみならしながら前にでてきて」

今度は、歩はばがバラバラなせいで、横の列が乱《みだ》れた。

そのあとのボックスステップは、動きも足音も乱れるし……。

かんたんな動きのはずなのに、全然そろわない。

「じゃあ、きょうはここまで！　あしたは、つぎのふりつけをやるね」

サリナが、ふうっと汗《あせ》をぬぐった。

「あの～」

ひとりの子が手をあげた。

「わたし、あしたダメなんだ」

「わたしもピアノが……」

ひとりがいいだすと、つぎつぎと声があがった。

「わかった。ムリしないで。昼休みに教えることもできるし、だいじょうぶだから！」

サリナがいうと、みんな安心したように解散《かいさん》した。

9 動画でダンス！

帰り道、あたしたちは話しながら歩いた。

「練習にこれない人のために、どうすればいいだろう？」

サリナがいうと、ロボが手をあげた。

「昼休みも練習したら？」

「でも、体育館もろう下も人がたくさんいるし、場所がないんだよね」

「体育倉庫はせまいにゃ〜」

ネコがいって、以前、体育倉庫で練習したことを思いだした。

「あそこは、大勢《おおぜい》ではできないし」

みんなが、うーんと考える。

「いつでも時間があるときに、ふりつけが確認《かくにん》できればいいんだけどなぁ」

サリナのひとことに、ピンッときた。

「動画は？」

「動画？」

みんながあたしを見る。

「あたし、よく動画サイトでステップの確認をするよ。あれ、便利だし」

「なるほどね！　わたしたちがおどったのを録画して……」

「これない人に、見てもらえばいいのか！」

サリナとミッキーが、目を輝《かがや》かせた。

「うち、ビデオカメラあるよ。撮影《さつえい》はぼくも得意だし」

ロボがいうと、ミッキーが「けど……」と考えこんだ。

「動画サイトにアップするのは、やっぱりまずいよな」

「だったら、佐久間《さくま》っちに相談してみるにゃん！」

「それ、いい！」

ネコの意見に、全員が賛成《さんせい》した。

よーし、がんばらなくちゃ！

「あ、それとぉ……」

めずらしく、ネコがこまった顔をしてた。

「衣装《いしょう》なんだけど、ひとりじゃちょっと、大変なんだよねぇ」

そういえば、衣装のことをすっかり忘《わす》れてた。

「はっぴをリメイクするって、いってたよね？」

「うん。ロボのおじいちゃんが、商店街で使ってたおふるをただでくれるっていうから、お金はかからないんだけどにゃ〜」

一度しか着ない衣装、しかも三十五人分を作るなんてムリだから、体育着でやろうかなんて話もあったんだけど……。そんなとき、ロボのおじいちゃんが、商店街のお祭りで使ってた子ども用のはっぴをただでゆずってくれるっていってくれた。

そしたらネコが、それを「リメイクしよう！」っていいだして。

いつも衣装の担当《たんとう》をしてくれているネコだから、今回もすっかりまかせちゃったんだけど。

「いつもなら五人分だから、ひとりでできたんだけどぉ……三十五人分は、ちょっとムリにゃ〜」

不安そうなネコに、あたしは手をあげた。

「そうだよね。だったら、あたしも手伝う！」

「オレのほうが、役に立つと思うけど」

ミッキーが横から口をだす。ふだんから家事をしてるから、お料理は上手みたいだけど……まさか裁縫《さいほう》も!?

「ちょっと待って。わたしたちが手伝っても、まだ足りないんじゃない？」

サリナがきくと、ネコは気まずそうにうなずいた。

「うん。三十五人分を五人で手分けしても、ひとりが七人分作らないといけないしぃ」

うわっ。

「それはムリ！」

思わずいった。七人分の衣装《いしょう》なんて、どんなに時間をかけても、あたしにはできそうにない。

「だったら、クラスの子たちにいってみようよ。きっと、手伝ってくれる子がいると思う」

「だよな。男だって、裁縫《さいほう》できるやつはいるだろうし」

動画と、衣装《いしょう》と……やらなくちゃいけないことがたくさんある。

でも、ここまできたら、がんばるしかない！


「きょうやるのは、ハッピーフィートっていうステップだよ」

放課後、体育館に集まった子たちがサリナに注目した。

「ハッピーフィート？」

「うん。ヒップホップダンスらしいステップだから、みんなにも挑戦《ちょうせん》してほしいんだ」

そういって、サリナとミッキーが前にでて、やって見せてくれた。

あたしも見たことのない、あたらしいステップ……。

「足を広げて、片方《かたほう》はつま先で、もう片方はかかとをついて、リズムにあわせて交互《こうご》にステップをふむの。こんなふうに」

サリナは、「ワン、ツー、スリー、フォー」っていいながら、つま先とかかと、交《こう》互《ご》に体重をかけていった。

「それに腕《うで》のふりをつけると、こんな感じ」

軽やかに、楽しそうにステップをふむ。ハッピーで華《はな》やかな雰囲気《ふんいき》が、ググッと伝わってきた。

「むずかしそうだけど……がんばってみる！」

いままでいろんなステップをやってきたから、みんなも自信がついたみたい。不安よりも、やる気満々な感じ！

「じゃあ、やってみよう」

サリナが手拍子《てびょうし》して、カウントをとる。

最初はバラバラだった動きが、だんだんそろってくる。大木《おおき》と島田《しまだ》も、互《たが》いに教えあいながら、真剣《しんけん》な顔でやっていた。

あたしも、なんとかクリア！

サリナとミッキーが、あっちこっち走りまわって教えている。

「ちがう！　つま先とかかとっていってるでしょ！　今度まちがえたら、腹筋《ふっきん》十回！」

「はい！　もう一度教えて！」

サリナと女の子たちの間で、きびしいやりとりがかわされていた。クラスの子たちの前では、天使のようにやさしいサリナちゃんを演《えん》じてたのに……。カラオケ大会で音痴《おんち》をひろうして以来、すっかり開き直ったみたい。かげでサリナのことを「ダンスオタク」ってわらってた子たちも、真剣《しんけん》そのものだ。

「ねぇ、どうしてそんなにダンスがうまいの？」

そういわれてるのは、もちろんミッキー。

「みんなが、下手すぎるだけだ」

ぶっきらぼうに返事をしても、

「やだ〜、赤くなってる！」

なんて、いわれてる。近よりがたいキャラだったはずなのに、すっかり親しみをおぼえられちゃって……。

ロボやネコも、たくさんの子たちに囲まれて楽しそう。

「東海林《とうかいりん》くんって、太極拳《たいきょくけん》やってるんでしょう？　ね、やってみせて！」

「いいけど。おへその下に力を入れて、腰《こし》を落として……」

せっかく、かっこいいところを見せようとしたのに、

「あぶないから、メガネとったほうがいいんじゃん？」

と、ひょいっととられて、「わ～、やめてよぉ」と、パニックになってわらわれている。

相変わらずの、いじられキャラ……。

「ネコちゃんって、ほんとに体がやわらかいよね～」

「本物のねこみたいでかわいい！」

女の子たちに囲まれたネコが、うれしそうに宙返《ちゅうがえ》りしている。パーカーにつけたねこ耳や、おしりにつけたしっぽも評判《ひょうばん》がいい。変わってるって敬遠《けいえん》されてたネコも、いまではすっかり人気者だ。

ダンスを通して、みんながお互《たが》いを深く知り、仲よくなってる気がする。

うわさ話が好きで、ちょっと苦手って思ってた子がすごい努力家だったり、おとな

しいと思いこんでた子が、実はわらいだすと止まらなかったり。あたしもいろんな発見があった。

そういえばあたしも、最初はサリナたちのことをなんにも知らなかったっけ。それが、いっしょにダンスをしているうちに、こんなに仲よくなって、心をゆるせる仲間になった。

ということは、クラスのみんなとも、そんな仲間になれるかもしれない！

ダンスって、すごい！

ぽんっと肩《かた》をたたかれてふりむくと、佐久間《さくま》先生が立っていた。

「よく、がんばったね」

え？　やさしいまなざしに、ドキッとする。

「ほんとうは、ちょっと心配だった。でも、みんなを信じてよかった」

「先生……」

学級会や帰りの会で、佐久間先生が何もいわなかったのは、あたしたちを信じてくれてたからなんだ。

「イッポたちが大人になっても、きっと、このことは忘《わす》れないよ。忘れるどころか、このときの思いが心を強くして、これからもずっと助けてくれるはず」

「はいっ」

うなずくと、佐久間《さくま》先生の言葉が、じんわりと心にしみていった。

「イッポちゃーん！　ちょっといい？」

女の子たちが呼《よ》んでいる。

あたしは「はーい」って返事をしながら、佐久間先生に「がんばりますっ！」と笑顔でこたえた。


土曜日、サリナの家の地下室に集まった。

ロボが持ってきた三脚《さんきゃく》とビデオカメラが用意されている。きょう、あたしたちはふりつけを録画することにしてた。

佐久間先生に相談したら、録画したものをＤＶＤ《ディーブイディー》にコピーしてくれるっていってくれた。それなら、放課後の練習に参加できない人や、ふりつけをおぼえる自信がない人も安心だ。

「せっかくだから、衣装《いしょう》の試作品、持ってきた！」

「え〜、もうできたの？」

「五枚《まい》だけ、見本に作ったにゃん」

ネコが紙ぶくろからとりだした衣装を、みんながワッととりかこんだ。

「すげー！」

「かっこいぃ！」

広げたり、ひっくりかえしたりして、しげしげとながめた。

「これ、どうやって作ったの？」

「赤いはっぴと青いはっぴを、半分に切って、色ちがいを左右でぬいあわせたにゃん。えりの部分を黒にしたから、びしっとキマッてるでしょ？」

「へぇ！　やるなぁ」

はっぴの表や裏《うら》を見ながら、ミッキーも感心している。

しかも、男の子は丈《たけ》を長くしてかっこよく、女の子はみじかくしてかわいらしくなっている。

あたしたちはT《ティー》シャツの上から羽織《はお》って、鏡《かがみ》にうつしてポーズをとってみた。

頭にはちまきをして、鳴子《なるこ》を持つ。

うん、いい感じ！

「じゃあ、はじめようか！」

録画ボタンをおして、音楽をかける。

カメラを意識《いしき》しないように、歌っておどる。

「オーケー、じゃあ、みんなで見てみよう！」

そういえば、いままで自分たちのおどりを録画して見たことなんてない。ちょっと、ドキドキする。

画像《がぞう》を見ながら、顔が熱くなった。

「え〜、あたしって、こんなに下手だったの？」

自分ではちゃんとおどってるつもりだったのに、手足がまっすぐになってなかったり、動きが小さかったり。

ロボやネコも同じように感じたみたいで、ショックを受けていた。ミッキーは、さすがにうまいけど……。

「ミッキー、カメラ目線すぎない？」

「あ、ついクセで」

なんていってる。

「あー、もう一度、撮《と》りなおし！」

ロボが、またビデオカメラをセットした。

録画すると、どこがよくないのか、どこを直したほうがいいのかよくわかる。気になるところが直ると、つぎにまた気になるところがでてきて、何度も録画をくりかえした。

「直したいところがどんどんでてきて、キリがないなぁ」

あたしがなげくと、

「でも、やるたびによくなってるでしょう？　やっぱり、これって勉強になるよ」

サリナの言葉に勇気がわいてくる。

おどり方だけじゃない。動きがそろいにくいところもわかったし、注意したほうがいいところもよくわかった。

「じゃ、つぎこそ本番な！」

ミッキーのひとことで、ぴしっと背筋《せすじ》がのびた。

動画をコピーしたDVD《ディーブイディー》を配るって話をしたら、一番にとりにきたのが大木《おおき》と島田《しまだ》だった。

「オレたちは、みんなよりもおそくはじめたんだから、もらう権利《けんり》がある！」

そんなことを、堂々といっている。

さくら町商店街フェスティバルまで、あと二週間。

みんなのやる気もあがっているし、あたしの歌も練習を重ねて調子がいい。

あと、問題は衣装《いしょう》だ。佐久間《さくま》先生にお願《ねが》いして、放課後、家庭科室をあけてもらった。

「え～、こんな感じでぇ、切ったところをぬいあわせますぅ」

ネコが、黒板に絵をかいて説明してくれる。

いわれたことは、わかるんだけど……。

「オレ、こういう細かいの、苦手なんだよなぁ」

男子から文句《もんく》がでると、佐久間《さくま》先生がニコッとわらった。

「いまの時代、料理も裁縫《さいほう》もできないとこまるよ。できない男はもてないからね」

きっぱりいわれると、男子もあきらめて針《はり》を持った。

「自分の分は、自分で作ることを目標《もくひょう》にがんばるにゃ。むずかしい人は、うちが手伝うからいって！」

ネコは先生みたいに、教室をグルグルまわりながら、みんなを手伝った。

「あの～、教えてください」

あたしは、小さく手をあげた。

「また、イッポ？」

ネコが、首をかしげて近づいてくる。

「だって、まっすぐにぬえないんだもん」

ネコが五人分の衣装を作ってくれたから、あたしは作らないですむかもって思ってたのに……。どうしても時間がなくて作れない子が五人いて、ネコが作った分は、その子たちにまわすことになった。

まっすぐにぬってるつもりなのに、なぜか糸は、あっちこっちにくねくねとまがってしまう。

「あー、これはさ、針《はり》をこう持って、スッスッて布《ぬの》をすくうような感じで……」

ネコが針をぬいて糸をひくと、まっすぐなぬい目ができていた。どうしてあたしがやると、まがっちゃうんだろう。

「不思議……」

目をぱちくりさせるあたしに、ネコはニャハってわらった。

「ダンスの衣装《いしょう》って、見た目だけじゃダメなんだー。動きやすくて、じょうぶじゃないと。だから、ぬい目もしっかりしなくちゃダメだにゃん！」

「めんどうだね」

はぁっとため息をつくあたしに、ネコはブルンッと首をふった。

「ううん！　すっごくおもしろい。どうしたら動きやすいだろうとか、どうしたら目立つだろうとか、いろいろ考えるのが、一番楽しいにゃん！」

そういうネコは、ほんとうに楽しそうでいきいきしている。「ネコちゃ〜ん！」って呼《よ》ばれて、またいってしまった。

「あ〜あ、やっぱりムリ！」

何度やっても、まがってしまう。ぬい目の間隔《かんかく》もバラバラでぶかっこう。糸をほどいて、もう一度やりなおし。

「オマエ、性格《せいかく》がまがってんじゃねーの？」

そんなにくまれ口をたたく人間は、他にいない。

「ミッキー、よけいなお世話だよ！」

そういって、ミッキーの手もとをのぞきこむと、ぬい目はまっすぐで、細かくて、はばも均等《きんとう》。

「ミ、ミッキーって、裁縫《さいほう》も得意なの？」

くやしさが顔にでないように、平気をよそおった。

「これくらい、できるだろ、ふつー」

そういいながら、ふっと鼻でわらう。

「いるんだよな、何をやっても不器用なやつって」

うっ。

言葉につまる。すでに、料理が苦手なのもばれてるのに～！

あたしは肩《かた》に力を入れて、ちくちくとぬいつづけた。

10 最強のコーチ

本番まで、あと五日。

月曜日の放課後、欠席したのは五人だけだった。

全員がそろうのはむずかしいけど、本番が近づくにしたがって、参加人数はふえている。配ったダンス動画の評判《ひょうばん》も上々だ。

ダンスが下手だからはずかしいっていってた子も、家でなら堂々と練習できる。だから、学校でも自信を持っておどれるようだった。

「はい、じゃあならんで〜！」

佐久間《さくま》先生もきてたけど、いつものように、サリナがパンパンって手をたたいた。

おしゃべりをしてたみんなが集まってくる。

「わたしの出番はないみたいね」

佐久間《さくま》先生はわらいながら、サリナの先生ぶりを見ていた。

「きょうから、本番みたいに歩きながらおどってみます。佐久間先生は、全体の動きがそろってるか見てください」

男女が、それぞれ二列にならんだ。

ミッキーとサリナが先頭に立つ。

「イッポ、お願《ねが》い」

サリナにいわれてうなずいたあたしは、音楽プレーヤーのスイッチをおした。

みんなが背筋《せすじ》をのばして、真剣《しんけん》な顔で前を見る。

♪にぎわう祭り　きみをさがした
　秋風通りぬけ　心がゆれる

両足ジャンプをして進みながら、いっせいに鳴子《なるこ》を打つ。

ダンッダンッダンッダンッ。

カンッカンッカンッカンッ。

鳴子《なるこ》をかつぐようにして、前に足をふみだす。

右まわりで、カンッ。

左まわりで、カンッ。

ボックスステップしながら、両手を前につきだして、右上、左上、右下、左下で、カンッカンッカンッカンッ。

バッと両足を大きく広げる。

右足に重心をかけ、しずみこみ、鳴子を打ちながら、じょじょに立ちあがって、今度は逆《ぎゃく》。

ハッピーフィートのステップで、とびはねながら前へ。軽やかに、つま先とかかとを交互《こうご》につけ、腕《うで》を大きくふりながら腰《こし》でリズムをとる。

あたしが歌いおわると、すぐにわいわいとおしゃべりがはじまった。

「……どうですか？」

サリナが、おそるおそる佐久間《さくま》先生にきいた。

「ふりつけは完璧《かんぺき》だけど、列が乱《みだ》れてみっともないね」

「やっぱり」

サリナが、大きなため息をつく。

「でも、そろえば逆《ぎゃく》に強みになる。あと五日あるんだから、がんばろう」

佐久間先生が、落ちこむサリナの肩《かた》をたたいた。

「じゃあ、もう一度最初から」

今度は佐久間先生の合図で、みんなならんだ。


何度もくりかえし練習して、だいぶマシにはなったけど、横の列、縦《たて》の列をそろえるのは、思ったよりもむずかしかった。

「何しろ、三十五人だもんなぁ」

帰り道、ミッキーが空を見あげていった。

「いままで、五人だったからね。そんなに苦労しなかったけど」

サリナも肩《かた》を落としている。

「でもさ、きょうだって、練習をくりかえしたら、よくなったじゃない。あしただって……」

「あしたは、佐久間《さくま》先生はいないにゃん！」

ロボの言葉をさえぎって、ネコがいう。

そうなんだよね……。

佐久間先生の時間があいてるのは、月曜だけ。ふだんは、会議《かいぎ》やテストの丸つけや、その他にもいろいろある。あまりムリはいえないし……。

「あのさ、みんな、ふりつけはできてると思うんだ」

あたしは、おずおずといった。

「うん、まぁそうだよね」

「だったら、佐久間先生じゃなくてもいいんじゃない？」

「どういうこと？」

サリナが眉《まゆ》をひそめた。

「あとは、列をそろえたり、どうやったら迫力《はくりょく》がでるかって問題でしょう？　だったら……」

「だれか、いい人がいるってこと？」

「だれだよ？」

サリナとミッキーにせまられて、言葉につまる。

でも、時間がないんだから、思いきっていうしかない！

「ロボのおじいちゃん」

「え～！」

ロボが一番おどろいていた。

「ちょっと待ってよ、イッポ。うちのじいちゃん、ダンスなんて……」

「でも、おじいちゃん、お祭りのプロでしょ？」

あたしは、松野《まつの》神社で見た、おじいちゃんのはっぴ姿《すがた》を思いだしていた。おじいちゃんなら、流しおどりのこともよく知ってるし、どうしたら迫力をだせるかわかるかもしれない。

「なるほどなぁ。それ、いいかも」

ミッキーがうなずく。

「今回は、祭りだもんな。ロボのじいちゃんが、一番いいかもしれない」

「でもぉ」

ロボがいいよどむ。なんだか、気が進まないみたい。

やっぱり、家族に教えられるなんていやなのかな？　あたしだって、お父さんやお母さんがきたらいやだもんなぁ。

「とにかく時間もないし、やってみよう！　ロボ、おじいちゃんにたのんでみてくれる？」

サリナがいうと、ロボはしぶしぶ承知《しょうち》した。


ロボは、「こないかもしれないよ」なんていってたけど、つぎの日の放課後、ロボのおじいちゃんはやってきた。しかも、はっぴまで着て、手には竹刀《しない》を持っている。

「さすがじいちゃん、気合い入ってるなぁ」

ミッキーが感心すると、

「当たり前だ。年に一度のフェスティバル、何としてでも成功させてみせる」

といって、腕《うで》をまくった。

「ま、まさか、その竹刀《しない》でぶったりしないだろうね？」

ロボが、おっかなびっくりいった。

「ガッハッハ。そんなにびくびくすることはない。ちゃんとおどればいいのだからな」

そんなことをいうから、みんな身をすくめた。

「はい、整列～！」

サリナの呼《よ》びかけで、また男女二列ずつならぶ。

「きょうは、商店街の会長さんに、わたしたちのおどりを指導《しどう》してもらいます」

そういうと、「よろしくお願《ねが》いします！」って声がそろった。サリナも気をつかって、
ロボのおじいちゃんとはいわなかったけど、あっちこっちで「東海林《とうかいりん》くんの……」「似《に》てる～！」って、ばれている。

「おどりを見て、指導してもらえますか？」

サリナがいうと、おじいちゃんは竹刀《しない》をつきだした。
「もちろんだ。そのために、これを持ってきたのだからな」
とたんに、「ひぇ～」って声があがる。
きのうと同じように、あたしが歌って、みんながおどりはじめた。
おどりながら、少しずつ前に進んでいく。
肩《かた》に竹刀をかついだおじいちゃんが、みんなに近づいていった。
列が乱《みだ》れているところに、おじいちゃんがスッと竹刀をふりかざす。
あっ！
びっくりしたあたしは、思わず歌が止まり

そうになった。

つぎの瞬間《しゅんかん》、ふうっと息をはきだす。

おじいちゃんは竹刀《しない》を横に持つと、とおせんぼするみたいに、四人の前にかざした。

乱《みだ》れていた列がそろって、つぎの列もそろえる。それを、くりかえしていく。

列をそろえるために、竹刀を持ってきたんだ……。

あたしはホッとすると同時に、(おじいちゃん、さすが!)って思った。

やっていくうちに、みんなとなり同士を意識《いしき》するようになって、おどっても列が乱れなくなっていった。

だけど、列がそろいはじめると、今度は他のことが気になってくる。

「鳴子《なるこ》の打ち方が、バラバラだな」

おじいちゃんも、眉《まゆ》をひそめた。

「おどらないでいいから、鳴子だけ打ってみなさい」

みんならんだまま、その場で鳴子を持ちあげる。

歌にあわせて、カンッカンッと打ち鳴らす。

「こらぁ！　祭りをなめとるのか！　そんな音で、盛《も》りあがると思うのかっ」

おじいちゃんの声に、みんなが首をすくめる。

「もっと、力強く！　商店街中に響《ひび》きわたらせるくらいのつもりで！」

おじいちゃんの気合いに、鳴子《なるこ》の音がぐんっと大きくなった。

「そことそこ、おくれてる！」

「そっちは、音のキレが悪い！」

おじいちゃんは、目をつぶって音に耳をすましながら、パッと目をひらいては指さしていく。

すごい集中力。

みんなの顔も真剣《しんけん》そのもので、おじいちゃんに注意されるたびに、音がそろっていった。

鳴子がそろうようになると、おじいちゃんは、その場で足の動きだけやってみるようにいった。

「足の動きがそろえば、もっとかっこよくなる」

おじいちゃんのいう通りかも。足の動きがバラバラだとみっともない。特に、ジャンプしたりターンしたりしたあと、バラバラになりがちだ。

ダンッダンッダンと、体育館に足音が鳴りひびく。

「おどることに気をとられるな。よく歌をきいて、耳をすますのだ」

ダンッ、ダンッ、ダンッ、ダンッ。

耳をすますっていっただけなのに、とたんに足音がそろいはじめて、びっくりした。

足音がそろうと、ものすごい迫力《はくりょく》だ。

これが、五年一組のダンス……!?

「じいちゃん、すごいなぁ」

ミッキーが、汗《あせ》をぬぐいながらいった。

「さすが、祭りのプロだな」

「ハッハッハ。祭り好きをなめるなよ」

おじいちゃんは、まんざらでもなさそうにわらった。

「しかし、ほんとうの祭りを目指すなら、ここからが肝心《かんじん》なところだ」

え？

列も乱《みだ》れなくなってきたし、鳴子《なるこ》も足音もそろってきた。そろそろ完成だと思ってたのに……あたしたちは、きょとんとした。

「もっと盛《も》りあげて、祭りらしくしないとな」

そういって、腕《うで》をくんで考えている。

祭りらしくって？

「わしに考えがある。まかせとけ！」

そういっておじいちゃんは、どんっと自分の胸《むね》をたたいた。


いよいよ、あと三日。

「じいちゃん、いまさら何をするつもりなんだよ」

ミッキーがロボにきいても、「さぁ？」って首をかしげる。

放課後、体育館にいくと、あたしたちは思わず「あっ！」と声をあげた。

体育館の真ん中に、大きな太鼓《たいこ》が置いてある。

「これってまさか……」

「じいちゃん⁉」

ロボが悲鳴のような声をあげた。

「うわ、すっげー。かっけ～」

あとからきた大木《おおき》が、太鼓《たいこ》にさわって、あっちこっちからながめている。

すると、手にバチを持ったおじいちゃんがやってきた。

「おお、みんなそろったか」

おじいちゃんのいう通り、きょうは三十五人、全員そろってた。

塾《じゅく》や習い事がある子もいるのに、都合をつけて集まってくれた。

みんなが、本気でやろうって顔をしている。

「なんで太鼓なんて持ってきたの？」

ロボが問いつめると、「ああ、商店街の若《わか》いものに手伝ってもらってな」とおじいちゃんがわらう。

「祭りらしくするには、これが一番だ」

そういいながら、うれしそうに太鼓《たいこ》をなでた。

「それとな、かけ声をかけたらどうかと思うんだが」

「かけ声？」

よくわからないけど、あと三日しかないのに？

「なぁに、むずかしいことではない。ちょっと、そこのイケメン」

ミッキーを指さして、手まねきする。

おじいちゃんとミッキーが、こそこそとふたりで話した。にやりとわらったミッキーが、サリナ、ロボ、ネコを呼《よ》んで、さらに何か相談している。

あたしは仲間はずれ？

サリナが、あたしのほうを見た。

「ねぇ、イッポ、ちょっと歌ってみてくれる？」

え？

サリナたちが横一列にならんで、鳴子《なるこ》をかまえる。どうやら、ダンスをおどって見せるらしいけど……。

もうみんな、ふりつけはおぼえてるのに？

あたしは、わけもわからないまま、音楽をかけて歌いはじめた。

「はぁー、はっ！」

とつぜん、サリナたちが大きな声をあげた。

一瞬《いっしゅん》とまどって、あわてて歌いつづける。

歌と歌の合間に、「はーあ！」とか「それ！」っていいながら、おどっていた。

びっくりした。

でも……めっちゃ……かっこいい！

カンッカンッカンッカンッ！

「そぉれっ、それっ、それっ、それー！」

かけ声をかけてるみんなも楽しそうだった。それに、かけ声をかけると、おどりはじめのタイミングもあわせやすそう。

これが、おじいちゃんのいってた、祭りらしい迫力《はくりょく》？

そのうち、ダンッダダッダンッダダッと、お腹《なか》の底に響《ひび》く音がしてきた。おじいちゃ

ん の太鼓《たいこ》だ。
歌と、ダンスと、かけ声と、鳴子《なるこ》と、太鼓が、うずをまくように重なりあっていく。
すごい。
この音、この迫力《はくりょく》、このリズム。
みんなの顔も輝《かがや》いていた。
「ねぇ、五年一組の旗《はた》も作らない?」
だれかがいうと、「いいねぇ!」「やろう!」と声があがった。それを、トラックに
立てようっていうわけだ。
みんなの力と思いが、まとまっていくのを感じる。
あと三日……三十五人で、最高のダンスをしよう!

イッポ＆サリナの熱血ダンスレッスン

DANSTEP《ダンステップ》 2

みんなでダンスのコツ編《へん》

Level ★★★

11 五年一組のダンス！

さくら町商店街フェスティバル当日。

華《はな》やかにかざられた商店街は、いつにもましてにぎやかだった。通りぞいに提灯《ちょうちん》がかざられ、ところどころに「さくら町商店街フェスティバル」の旗《はた》が立てられている。

商店街の店先では、焼きそば、焼きトウモロコシ、たこ焼き、からあげなんかが売られて、たくさんの人が集まってきた。

そして、なんといっても目をひくのが、流しおどりに参加する人たち。

阿波《あわ》おどりで見るような浴衣《ゆかた》の人もいれば、ゆるキャラのような着ぐるみを着ている人もいる。とにかく目立とうとして、派手《はで》な衣装《いしょう》やお化粧《けしょう》をしている人もいた。

青年団《せいねんだん》の男の人は上半身はだかだし、お遊戯《ゆうぎ》みたいに頭にお花をつけた、かわいい保育園組《ほいくえんぐみ》もいる。

そしてなんといっても目立つのは、きんきらきんの衣装《いしょう》を着た、婦人会《ふじんかい》の人たち。

「すごいよね、あの派手《はで》な衣装《いしょう》。リオのカーニバルじゃないんだから……」

頭にはクジャクみたいな羽をつけて、上下がわかれておへそがでてる、金色の衣装を着ている。

えぇ！

あたしは、ごしごしと目をこすった。

長いつけまつげに青いアイシャドー、真っ赤な口紅《くちべに》をしているけど、あれってまさか……。

お母さん!?

きんきらきんの衣装をつけて、サンバのリズムで腰《こし》をふって練習している。そういえば、最近ご飯を作りながら、「オーレッ！」とかいってたような。

もー！　流しおどりに参加するなんて、きいてない！

お父さんもお母さんも応援《おうえん》するからねって、いってたはずなのに！

もしかして、あれ、応援《おうえん》してるつもり？

そう思ってると、きんきらのお母さんに、変なかっこうをした人が近づいていった。

赤いT《ティー》シャツに赤いタイツ。顔も赤くぬりつぶして、黄色と黒のしましまパンツをはいている。

げっ！

あれって……お父さん！

お父さんは、焼きそば売りを手伝うだけのはずなのに……どうしてオニのかっこうをしてるの？

思わず目をみはっていると、お母さんと目があった。

「一歩《かずほ》～！」

大きな声で、お父さんまで手をふっている。

あたしはバッと目をそらすと、急いで人ごみにまぎれた。

いくらなんでも、はずかしすぎる！

「こんなにたくさん参加するなんてすごいねぇ」

サリナが感心している。

「じいちゃんが、ずいぶん声をかけてまわって集めたみたい。ぎっくり腰《ごし》は心配だけど、いっしょにでられるのはうれしいよ」

ロボが、照れたようにわらってる。

「うちのお母さん、ふだんは服のお直ししてるんだけど、今回は、衣装《いしょう》を作ってほしいって注文が、たくさん入って大変だったらしいにゃ。特に、婦人会《ふじんかい》の衣装は大変だったって」

うわ……。うちって、親子でネコのところに迷惑《めいわく》かけてるかも。

「オレんとこは、弟たちがサッカーチームで参加してるし、妹は保育園《ほいくえん》で参加してるし。ダンス一家かよって感じ」

「弟や妹なら、いいじゃない」

うちなんて、お母さんはクジャクだし、お父さんはオニだし……。

あたしは、どよんと暗くなった。まぁ、観客の中にいて、大声で応援《おうえん》されるのもこまるけど。

そのとき、佐久間《さくま》先生がやってきて、みんなが口々にあいさつした。

「おはよう。きょうも、ファーストステップのみんな、よろしくね」

「え？」

あたしたちはとまどって、佐久間先生を見た。

「せっかくここまで、自分たちの力でやってきたんだもん。最後までがんばって」

そういって、あたしやサリナの肩《かた》をたたく。サリナはうなずいて、声をはりあげた。

「さくら小、五年一組、集まって！」

ちらばっていた子たちがかけよってきて、総勢《そうぜい》三十五人が集まった。

「全員いるね。衣装《いしょう》もだいじょうぶ？」

はっぴの下は、T《ティー》シャツに短パン、頭には、はちまきを長めにしめている。手には、赤と黒でぬられた鳴子《なるこ》を持っていた。

そこへ、プップーというクラクションとともに、トラックがゆっくりやってきた。

順番に、それぞれのチームの前でとまる。どうやらこれが、チームを先導《せんどう》してくれるらしい。あたしがインターネットで見た地方車《じかたしゃ》とはちがって、ふつうの小型トラックって感じ。それぞれのチーム名が大きく書かれたり、かざりつけられたりしているトラックもあった。

やがて、あたしたちの前にもトラックがやってきた。

えぇ!?　と目が丸くなる。

「すごい！」

トラックのまわりは、金銀のモールや花できれいにかざりつけられていた。「さくら小　5－1」という大きな旗《はた》も立てられている。

「これって……」

あたしは、旗を見つめた。

「さくら小　5－1」の周りに、ひとりひとりの名前とひとことが書かれていた。

「かっこいいダンスをおどろう！」

「五年一組、最高！」

「練習きつかった〜！」

たくさんのメッセージ、そして……。

「イッポちゃん、歌がんばって!」

「ファーストステップ、ありがとう!」

中には、そんなメッセージもあった。

みんな……。

「旗《はた》を作るのは、まかせておいて!」なんていってたけど、まさかこんなメッセージやかざりつけまでしてくれてたなんて。

びっくりしているあたしたちのまわりに、クラスの子たちがやってきた。

「トラックのかざりも、旗のメッセージも、大木《おおき》のアイデアなんだ。サリナちゃんやイッポちゃんたちをおどろかしてやろうって」

女の子がいうと、大木が「別に～」って

とぼけながら、ちょっと得意げな顔をした。

「どうせやるなら、思い出にのこるほうがいいじゃん。そうだろ？」

そういいながら、こっちを見る。

あたしの顔が熱くなった。

あたしが、思い出を作ろうっていったの、大木《おおき》は、ちゃんとおぼえてたんだ。

「みんな、ありがとう」

サリナも涙《なみだ》ぐんでいる。

「サリナちゃんたちだって、動画を作ってくれたり、ダンスや衣装《いしょう》を考えてくれたりしたじゃない。だから、わたしたちもがんばろうって協力したの」

そうだったんだ……。

「こうなったら、優勝《ゆうしょう》するしかないね！」

グスッと鼻をすすりながら、ロボがいう。

え？　優勝って？

「観客の投票で、優勝チームが決まるんだって。じいちゃん、豪華《ごうか》賞品もあるっていってたけど」

「え〜、そんな大事なこと、もっとはやくいってよ！」

あたしがいうと、おじいちゃんがやってきた。

「準備《じゅんび》はできたかな？」

おじいちゃんもはっぴを着て、準備万端《ばんたん》だ。

「はい。この上で、歌うんですよね？」

トラックの荷台には、大型スピーカーと太鼓《たいこ》がつまれていた。

「ああ、そうだ。トラックは、ゆっくり走るからだいじょうぶだ。わしもついてるしな」

胸《むね》をはるおじいちゃんがたのもしい。

もちろん優勝《ゆうしょう》もしたいけど……みんながふりつけを確認《かくにん》しあったり、衣装《いしょう》のチェックをしあったりしているのを見ていたら、ちがう感情《かんじょう》がわきあがってきた。

トクントクンと、胸《むね》が高鳴る。

みんなとおどれるって思うだけで、うれしくてしかたない。期待でドキドキする。

「各チームは、スタンバイしてくださーい！」

商店街のスピーカーが鳴った。

流しおどり開始の合図とともに、沿道《えんどう》で見ている人たちから拍手《はくしゅ》がわいた。

一番のチームから、人が歩くくらいの速さで、ゆっくりと発車する。

全部で、二十チーム。あたしたちはちょうど真ん中くらいだから、出発まで待機《たいき》だ。


やがて、あたしたちの前のチームが出発した。

チーム同士が近すぎると、音楽がまざってしまうから、ある程度距離《ていどきょり》をあけなければいけない。前もつまっているようで、つぎといっても、すぐには出発できなかった。

「よーし、気合い入れよう。五年一組バージョンで！」

サリナが、片手《かたて》をさしだす。あたし、サリナ、ミッキー、ロボ、ネコがつぎつぎと片手を乗せていくと、それを見ていたみんなも手を重ねていった。

三十五人いるから、ぎゅうぎゅうづめで、おしあいながら片手をだす。サリナは、大きな声でいった。

「ゴー、ファイト、さくら小、五年一組！」

「オー！」

片手《かたて》を、空につきあげる。

声がそろって、心もひとつになった。


「さくら小のチーム、そろそろスタンバイしてください！」

無線機《むせんき》を持ったお兄さんが、前のチームの状況《じょうきょう》を確認《かくにん》しながら指示をだす。

先導《せんどう》するトラックに、運転手が乗りこんだ。

荷台の部分に低い台のようなものが置いてあって、それがステージがわりになるらしい。あたしとおじいちゃんはその上に乗ると、みんなのほうを向いた。列のうしろまで、よく見わたせる。

チームの先頭に、サリナ、ロボ、ネコがならび、列の最後にミッキーがついた。

あたしは、はちまきを、もう一度キュッと結びなおした。

「じゃあ、スタートします！」

トラックが、しずかに発車する。佐久間《さくま》先生も、沿道《えんどう》を歩いてついてくる。
いよいよだ。
ゆっくりと、深呼吸《しんこきゅう》。

♪にぎわう祭り　きみをさがした
　秋風通りぬけ　心がゆれる

「はぁー、はっ！」
あたしも、みんなといっしょにジャンプして、鳴子《なるこ》を打ち鳴らした。
カンッカンッカンッカンッ。
鳴子の小気味いい音が、青空に広がっていく。
ダンッ、ダンッ、ダンッ、ダンッ。
三十五人のジャンプが、地面をゆるがした。
ドンッドンッ、カカカ。ドンッ、カカカン。

同時に、迫力《はくりょく》ある太鼓《たいこ》の音もひびきわたる。
沿道で見ている人たちから、「おおっ」という歓声《かんせい》と、笑顔がこぼれた。
鳴子《なるこ》をかつぐようにして、前に足をふみだす。
右まわりで、カンッ。
左まわりで、カンッ。
トラックは少しもゆれなくて、あたしも思いきり、歌いながらおどれた。
ボックスステップをふみながら、鳴子を打つ。
カンッカンッカンッカンッ。
ダンッダンッダンッダンッ。
ドンッドンッドンッドンッ。
「はぁーあ、それ！」
ダンッ。
おそろいのはっぴが、バッとひるがえる。
ハッピーフィートのステップを軽やかにふむ。

みんな、かっこいい！
みんなに会えてよかった。五年一組でよかった。
あたしは、そんな思いを乗せるように、心をこめて歌った。
みんなの前では歌えないなんて、思っていたのがうそみたい。
いまのあたしは、思いきり自由に、最高に楽しく歌っている。
あたしがあたしらしくいられることが、こんなにうれしいなんて……。
この思い、みんなに、とどけ！
カンッカンッカンッ。
「やぁっ！」
カンッ。
全員が、片腕《かたうで》を空につきあげる。
沿道《えんどう》から拍手《はくしゅ》がわいて、見ている人たちにも笑顔が広がった。
あたしも、思わず拍手していた。
「すごい！」

三十五人の動きが、ぴたりとそろってた。

「いいよ、この調子でいこう！」

サリナの声が響《ひび》く。

うん、いい感じ！

このまま、くりかえしながら商店街を練り歩いていく。商店街の距離《きょり》を考えたら、全部で四回くらいくりかえしおどることになるだろう。

ところが、三回目のおどりのとちゅうで、うしろのほうの動きがおかしくなった。

おどりが乱《みだ》れ、そろってない。

歌がおわると、ミッキーが前に向かって走ってきた。

「うしろまで、歌がきこえてこないんだ！」

「え？　どうして？」

そういえば、最初よりスピーカーからでてくる音が小さくなった気がする。そのことを伝えると、おじいちゃんがスピーカーのあっちこっちを調べて、

「左側の音がでてないようだ」

といった。

「これはまずいな。すぐには、直りそうにない」

おじいちゃんは、カメラの修理《しゅうり》なんかもしてるから、機械《きかい》には強いらしい。

「どうする？　このままじゃ、うしろまで音がとどかないから、動きがそろわない」

さすがのミッキーもあせってた。

いままでも、いろんなトラブルを乗りこえてきた。

今度だって、何か、方法があるはず。そう思うけど、気持ちはあせるばかりだった。

あたしがどんなに声をはりあげても、スピーカーがこわれてるんじゃ、列の最後まではとどかない。前の動きにあわせるだけじゃ、うしろのほうはおくれてしまう。

時間がなかった。

うちのチームが止まると、前のチームからはなれてしまうし、うしろがつかえる。

ここで止まっているわけにはいかないし……。

「わたしも歌う！」

サリナが手をあげた。

「え、歌うって？」

あたしは、目を見ひらいた。

「ひとりよりも、ふたりで歌ったほうが、声が大きくなるでしょう？」

それは、そうだけど……。

「サリナちゃん、音痴《おんち》なのにだいじょうぶなのぉ？」

女の子が、クスッとわらっていった。緊迫《きんぱく》した空気が、ふっとゆるむ。

「だったら、わたしも歌う！」

「オレも！」

つぎつぎと、手があがった。

しまいには、全員が「歌う！」と手をあげる。

みんな……。

しぼみかけた勇気が、むくむくとふくらんでくる。

「よし、リズムはわしの太鼓《たいこ》にまかせとけ。全員の歌と鳴子《なるこ》。それがあれば、なんとかなる！」

おじいちゃんの太鼓《たいこ》、みんなの歌と鳴子《なるこ》。

歌いながらおどるのは、むずかしい。みんな、慣《な》れてないだろうし……。でも、やるしかない！

「すみません、そろそろ出発してもらえますか？」

商店街のスタッフの人が、声をかけてきた。

もう、迷《まよ》っているひまはない。

太鼓の前に、おじいちゃんが立って身がまえる。バチをにぎって腰《こし》を落とす姿《すがた》は、気合いじゅうぶんだった。

「あの……いいですか？」

あたしが不安げにふりむくと、

「わしは、あんたの歌声にあわせて太鼓をたたく。だから心配しないで、思いきり歌いなさい」

そういって、クシャッと目をとじた。いまの、もしかしてウインク？

笑いをこらえたあたしは、すっかりリラックスできた。

「はい、よろしくお願《ねが》いします！」
おじいちゃんが、大きくうなずく。
みんなから、やってやるって思いが伝わってくる。
あたしにできることは、ただ精《せい》いっぱい歌うこと。
少しでも、大きな声で。
トラックが動きだして、イントロが流れる。

♪にぎわう祭り　きみをさがした
　秋風通りぬけ　心がゆれる

ドンッドンッドドド、ドンッドンッドドド。
おじいちゃんの太鼓《たいこ》の音が、お腹《なか》の底にひびく。
それにあわせて、みんなが声をそろえて歌いはじめた。
全員の声が、商店街に響《ひび》きわたる。沿道《えんどう》の人たちも笑顔になった。

歌いながらおどる。おどりながら鳴子《なるこ》を打つ。

みんなの心が、もっとひとつになって、やがて笑顔に変わっていく。

三十五人分の声が空をつきぬけ、胸《むね》がぐっと熱くなった。

あたしは歌いながら、このとき、この瞬間《しゅんかん》を、決して忘《わす》れないと思った。

卒業して、みんなとはなればなれになっても、いっしょにおどった喜びを忘れない。

ずっとずっと、心にのこして、生きる力に変えてみせる。

「それっそれっそれっそれ、はぁっ！」

ビシッと決まって、終点に到着《とうちゃく》した。


到着地点にいる佐久間《さくま》先生の顔を見たとたん、何人かの子が泣きだした。

先生は、ひとりひとり頭をなでてほめている。

「いっしょうけんめいやったから、泣けてくるんだよね」

そういう佐久間先生も、ちょっと涙《なみだ》ぐんでいた。

「あぁ、ひさしぶりにいい汗《あせ》をかいたわい」

ロボのおじいちゃんが、手ぬぐいで首をふきながらいった。

「このあと、観客による投票で、優勝《ゆうしょう》チームが決まる」

そういえば……。

「でも、うちのチームはムリだろうなぁ」

あたしがいうと、おじいちゃんは、ふふっとわらった。

「まだわからんぞ。それに、大切なのは、結果じゃない」

そういわれると、肩《かた》の力もぬける。

おじいちゃんのいう通り、あたしたちは優勝よりも、もっと大切なものを手に入れた気がする。

「じいちゃん、だいじょうぶ？　腰《こし》は？」

ロボが、心配そうにやってくる。

「だいじょうぶだといってるだろ！　風馬《ふうま》のおどりのほうが、よほど心配だったわい！」

「え〜、そんなにまずかった？」

おろおろしながら、ロボがうろたえている。

「そんなこと、なかったぞ!」

きっぱりといったのは、大木《おおき》だった。

「オレ、オマエの動きを見て、おどることができたんだ」

「え、いや、そんなぁ」

ロボがとまどってると、島田《しまだ》もやってきた。

「オレたちさぁ……」

互《たが》いに顔を見あわせて、「ごめん!」と頭をさげる。

「ロボのおどりを教室で見たときから、オレたちずっと、オマエのことすごいなって思ってたんだ」

なっ、といいながら、うなずきあっている。

「今度、オレたちにも、ムーンウォーク教えてくれよ」

ロボはまじまじとふたりを見つめて、空を見あげると、すんっと鼻をすすった。

「いいけど、ぼくのレッスン、きびしいよ?」

「うわ、なんだそれ！」

「何、生意気いってんだよ〜」

大木《おおき》と島田《しまだ》は、わらいながらロボの首に腕《うで》をまわした。

「オレは、かっこいいダンスを、ミッキーに教えてもらいたいなぁ」

他の男子がいうと、オレもオレもと、つぎつぎに手があがった。ミッキーは「別に、いいけど」と、照れたようにそっけなくいった。

「この衣装《いしょう》、大切にするね！」

「また、こんなの作りたいなぁ」

「じゃあ、またいっしょに作ろうにゃん！」

ネコを真ん中に、女の子たちが盛《も》りあがっている。

「サリナちゃん、やっぱり音痴《おんち》だったよ〜」

「うっそ、そうだった？　みんなだって、似《に》たようなもんだよ」

サリナの毒舌《どくぜつ》キャラは、すっかりなじんじゃってるし……。

「イッポちゃん、ありがとね」

「歌、よかったよ」

あたしも、そんなふうに声をかけられた。

イッポちゃん、か……。気がついたら、みんなそう呼《よ》んでくれるようになっていた。

なんか、くすぐったい。

あたしは、てへへと照れ笑いをした。


二時間後、会場の中央ステージで、結果発表があった。

優勝《ゆうしょう》は、なんと婦人会《ふじんかい》のチーム！

「あたし、お母さんに負けたの？」

サンバの衣装《いしょう》を着て、真っ赤な口紅《くちべに》をつけたお母さんが、舞台《ぶたい》の上から手をふっている。関係《かんけい》ないくせに、オニのかっこうをしたお父さんまで、ステージにあがってた。

家に帰ったら、さんざんじまんされそう。

「え〜、なお今回は、特別賞があります」

審査《しんさ》委員長が、にこにこしながらいった。

「スピーカーの故障《こしょう》というトラブルを乗りこえ、おどりきった、さくら小学校五年一組に、その賞をおくりたいと思います」

拍手《はくしゅ》がわいて、あたしたちは「きゃあ！」ととびはねた。だれかれかまわず、ハイタッチ！

「賞品って何？」

やっぱり、もらえるのはうれしいし、何か気になる。

「来々軒《らいらいけん》のラーメン、人数分だって！」

「わぁ！」

「やった〜！」

大さわぎだった。また、楽しい思い出がふえる！

「入賞したチームは、もう一度、中央ステージでおどっていただきます。至急《しきゅう》、ステージ前に集まってください」

わぁっと、拍手がわいた。

五年一組のみんなも、「やったぁ！」って、喜んでいる。

「ほら、いくぞ」

ぽんっと肩《かた》をたたかれてふりむくと、ミッキーだった。

「あたしたち……もう一度、おどれるの?」

うれしくて、少しだけ声がふるえた。

「何度だって、おどれるさ」

そういうミッキーに、あたしは「うん!」とうなずいた。

これからも、おどる。

いつだって、おどれる。

あたしたちが、おどりたいと思っているかぎり!

スタッフの人の合図があって、ステージにあがる。列をととのえて、客席のほうを向いた。

おじいちゃんが、バチをかまえる。

「いっくよー!」

あたしが声をかけると、「おーっ!」と、手があがった。

ゆっくりと、深呼吸《しんこきゅう》。

心をこめて、歌いだす。

太鼓《たいこ》の音が響《ひび》く。

五年一組のみんながおどりだす。

「はぁー、はっ!」

「そぉれっ、それっそれっそれーっ!」

鳴子《なるこ》の音が、カンッと、青空に響きわたった。

あとがき

工藤純子

今回は、さくら町商店街フェスティバル！　流しおどりの参加チームが足りないときいて、「五年一組のみんなででたら？」なんて、イッポが何気なくいっちゃったから、大変です。

クラスの子たちは、イッポたちが「ファーストステップ」というチーム名までつけてダンスをしていることを知りません。それに、イッポ、ミッキー、サリナ、ロボ、ネコは、それぞれちょっとずつ、みんなから誤解《ごかい》されてるし……。

でも、いっしょに練習をしたり、話し合いをしたりする中で、イッポたちとクラスのみんなは、少しずつお互《たが》いを知ることになります。

これって実は、とっても重要《じゅうよう》！

「あの子は自分に合いそうにないな」とか、「あの子って変わってる」なんて思いこんで、さけてしまうことってありませんか？　わたしは、小学生くらいのころ、そういうことがありました。でも、何かのきっかけで話してみたら、全然イメージとちがってて、仲よくなれたってことが、けっこうあったんです。

ほんとうはすごく気が合うのに、見すごしてしまったらもったいないですよね！　お互《たが》いを知ろうとすることから、友情《ゆうじょう》ってはじまるのかもしれません。だからみんなには、ひとつひとつの出会いを大切にしてほしいなって思います。

次回、イッポたちの友情も恋《こい》も、最高潮《さいこうちょう》に達します！　お楽しみに☆

最後に、いつもかわいいイラストをかいてくださるカスカベアキラ先生、ダンスのアドバイスをしてくださるダンサーの西林素子《にしばやしもとこ》さん、どうもありがとうございました！

作◉工藤純子（くどう・じゅんこ）

東京都在住。てんびん座。AB型。

「GO！GO！　チアーズ」シリーズ、「ピンポンはねる」シリーズ、『モーグルビート!』、「恋する和パティシエール」シリーズ、「プティ・パティシエール」シリーズ（以上ポプラ社）など、作品多数。『セカイの空がみえるまち』（講談社）で第3回児童ペン賞少年小説賞受賞。

学生時代は、テニス部と吹奏楽部に所属。

絵◉カスカベアキラ（かすかべ・あきら）

北海道在住の漫画家、イラストレーター。おひつじ座。A型。

「鳥籠の王女と教育係」シリーズ（集英社）、「氷結鏡界のエデン」シリーズ（富士見書房）など、多数の作品のイラストを担当。児童書のイラスト担当作品としては、『放課後のBボーイ』（角川書店）などがある。

学生時代は美術部だったので、イッポたちと一からダンスを学んでいきたい。

図書館版　ダンシング☆ハイ
みんなのキズナ！　涙のダンスカーニバル

2018年4月　第1刷

作　工藤純子
絵　カスカベアキラ
発行者　長谷川 均
編集　潮紗也子
発行所　株式会社ポプラ社
〒160-8565　東京都新宿区大京町 22-1
振替　00140-3-149271
電話（編集）03-3357-2216
（営業）03-3357-2212
インターネットホームページ　www.poplar.co.jp
印刷・製本　図書印刷株式会社
ブックデザイン　楢原直子（ポプラ社）
ダンス監修　西林素子

ISBN978-4-591-15777-0　N.D.C.913/205p/20cm

本書は2016年11月にポプラ社より刊行された
ポケット文庫『ダンシング☆ハイ　みんなのキズナ！　涙のダンスカーニバル』を図書館版にしたものです。